言葉の贅肉

言葉の贅肉

今日も超饒舌(よげしゃべり)

伊奈かっぺい

岩波書店

目次

第一講　バイリンガルの楽しい日々……1
1　方言は日常生活語なのですよ　3
2　二人の先達に恵まれて　19
3　日記で遊ぶ　33
第二講　それは落語から始まった……55
1　憧れもあれば、違和感もある　57
東北人と方言と江戸落語の世界
2　あれは忘れもしない　68
四十年目の師走／調子がわりの十三歳の出会い

3　よくできた落語だなあ　78
「言葉の贅肉」についてのまた余計な贅肉

第三講　言葉の贅を尽くしましょう……91

1　ごくごく素直に、どんどん曲がって　93
息巻くゴマメがいとおしい／わたし地口の味方です

2　地口と縁語のオンパレード　103
五臓六腑の宴会　その1／五臓六腑の宴会　その2／万病を数えてみる／肥りよがり　肥りぼっち　肥り芝居／腹は立つ　肝はすわる

3　漢字の遊びは乙なもの　119
似て非なる　非にて似たるは／縦縦　横横　丸かいてチョン／心太　話は変わりますが／違う穴の狢も同じ穴の狢だ

4　あえてこだわり難癖つけて　131
日独伊三国同盟英米で協議／水泳選手いつも濡れ衣着せられて／文字と話の腰折る楽しさ／若い時の黒は金を出して

も白

5　まだまだ続くよ、どこまでも　144
黙って当たればピタリと座る／カタカナと友だちになるために／アナログがあったら入りたい／捕り放題と集団的自衛権／横紙を白紙に戻しただけで

補講　津軽も日本の内（うぢ）……161

あとがき　171

第一講　バイリンガルの楽しい日々

眠てくて眠てくて朝になたのも覚ねで寝
でるのあ春だげずもんでもねえのや。
あちこちで鳥コ啼ぐのだて鳥コあ
春だげ啼でるもんでねしなあ。夏だて
秋だて冬で
ねばいね鳥コ
ほだァ
昨夜の
雨風乱風あどし
いるしなあ
ただ矢ぁやおな。ずんぶど
喧くてあたねな。林檎
まだいっぱい落ぢだんでね
べなあ。台風孟浩然ばいなあ

春眠不覚暁
処処聞啼鳥
夜来風雨声
花落知多少

1　方言は日常生活語なのですよ

富強。富国強兵の略。国を富ませ、兵力を強めること。

ご存じですか？　ご存じですね。明治時代、国を挙げてのスローガンとなり、合言葉になった。もし当時、パソコンやワープロがあったとすれば、「ふきょう」と打てば、真っ先に「富強」と出たに違いない。いまなら間違いなく「不況」。そういえば「安倍のみ笑」と書いて、「笑」をクスと読むらしいが……　安倍さんだけ笑うアベノミクス。そんなことはどうでもいい。そこはもっとも遠いところで生活している身だからして。

その富国強兵。それが方言撲滅運動につながったらしい。「進め」と「休め」の区別がつかない日本語が飛び交う軍隊では、富国も強兵も望めない。「進め」が「涼め」と受けとられては困る、「戦さ」と「帰るさ」の区別だってつかなくなってしまう。出身地の違いで指揮系統に不可欠な言葉が通じなくなるのは不都合。ここはひとつ、方言を撲滅して標準となる語を覚えさせなければならないべ。

かくして方言撲滅がしつこく強制されたのだとか。過去のくわしい歴史は知らないし、それを調べる術も持たないが、明治以降の方言撲滅運動の波は何度かあり、全国いたるところでそれなりにあったそうな。青森県のある小学校の廊下の壁に「標準語をしゃべましょう」とあったとは有名な話。「しゃべりましょう」ではなく「しゃべましょう」。津軽弁での「しゃべましょう」がそのまま……方言禁止を方言で言っていた。ともあれ、まさに国を挙げての方言撲滅運動だった…らしい。

そしてこの国、そこそこ強兵になった。それでさんざ戦争をしたあげく、結局ある戦争に負けたのをきっかけに、何があっても決して戦争はしない宣言をする。わたしはそう習った。いまいささか雲行きが怪しい。前言と宣言は気楽に取り消さないことと習ったような気もするが、閑話休題。

この方言撲滅運動、戦後になっても続く。標準語ではなく共通語と呼ぶべきだなどという論議もあったらしいが、方言撲滅の主旨は変わらない。はい、わたしも経験しています。中学校のとき、先生がこう言いましたね。

おめだぢッ、津軽弁だっきゃ汚ねことばだんだはんで、ふとめで喋ればまいねんだはんでなッつまり「お前たち、津軽弁というのは汚い言葉だから、人前で喋っては駄目だからな」。そうか、津軽弁って、汚い言葉だったのか……　でもこの先生、津軽弁を使ってはダメだぞと、津軽弁でしかしゃべれなかった。

ともあれ、それなりの効果と呼ぶべきか、いまや消滅の域に達した方言もあるらしい。そうすると今度は別の声が聞こえはじめた。いざ無くなりそうだとなると、今度は掌を返したように、保護だ庇護だ加護だと騒ぎ出す。潰して潰して潰しておいて……　日本人だけがそうなのかどうか、日本人しか知らないのでわからないけれど、方言はいまその途上。

そんな状況だからか、日本の危機言語・方言サミットなる集いに誘われて、八丈島に行ってきた(二〇一四年十二月)。ユネスコの調査によると全世界で六千前後あるといわれる言語のうち約二千五百の言語が消滅の危機にさらされているとのこと。うち、日本ではアイヌ語を含め八語(七地域の方言)が消滅危機にあるのだと。

日本各地の方言と呼ばれる生活語とアイヌ語を一緒に数えるのにはいささかの違和感を感じたが「国際的な基準では日本各地の方言も独立した言語として扱うのが妥当」との考え方によると説明された。ともあれアイヌ語は「極めて深刻」、沖縄県の八重山語、与那国語が「重大な危機」、沖縄語、国頭語、宮古語、鹿児島県の奄美語、そして東京都の八丈語が「危険」と分類されているらしい。

何ゆえ、津軽弁は絶滅にも危機にも瀕していないのか、何ゆえ、本州最北端の地では昔も今も津軽弁で楽しく賑やかに遊んでいられるのか、それを話してほしいといわれ、「方言で遊ぶ・方言を遊ぶ」と題して八十分。国を挙げて方言撲滅運動を起こし、消滅しそうになったから保護ですかと、わき上がる皮肉な思いを訛りに変えて、しゃべりましたね。いま急に学者や専門家が知識と教養を寄せ集めても方言はどうにもなりませんよ。立派な論文のなかに蘇ってどうするんですか。方言は日常生活語なのですよ。無駄口の積み重ね、閑話休題だらけが生きている日常語なんですから……とまでは…言えなかった。

それでもこのたびの絶滅危惧言語のなかに津軽弁をはじめ、東北の方言がひとつも入っていないのはなぜか。白河以北ひと山百文と言われ続けた東北地方は近代日本の富国強兵政策にも何ひとつ期待されていなかったので「方言撲滅運動」も真剣に伝達されなかった…あまりに僻地僻境ゆえ伝達通達すら届かなかった…ただ単に誰も言うことを聞かなかった……　そのおかげで、ふるさとの訛り懐かしく耳にしようと出掛ける停車場は上野駅。上野駅でふるさとの訛りを耳にしたくなる大方は東北人。耳にしたくなる訛り、楽しさといつも一緒にある訛りは、消滅も絶滅もしない。

そうなんです、言葉は遊ぶことで、遊ぶなかで、生き生きしてくる。遊ばなきゃダメなんです。

だいたい、国が言葉について口をはさんでくるときには、まずそこになにか魂胆があるなと疑ったほうがいい。小学校から英語を学ばせるのだって、何のためか。集団的自衛権なんて話が出て来て、ねらいが分かりましたね。アメリカ人と一緒に戦争するときに通じなきゃ困るでしょ。だから英語なんて分かりませんって顔してればいい。アメリカ人に「ゴー(Go!)」って命令されたら、「六、七、八、……」って返せばいいんです。普段からどうやって言葉と遊んでやるか遊ばれてやるかを考えていると、こういうことにも意外に気づく。いや、気づいたような気になっただけかも。

さて、中学校のとき、先生から津軽弁で津軽弁を使っちゃダメだぞと言われた。でもそも、どれが標準語で、どれが津軽弁なのか？　それがよくわからない。先生だって、よくわかっていなかった。

わたしの少年時代、津軽弁と標準語の違いを意識させたのは、ラジオで聴く落語、そして映画の字幕。当時、楽しみといえばこのふたつでしたからね。ラジオから聞こえてくる言葉が違う。映画はボブ・ホープ、ダニー・ケイ、トニー・カーティスとかのコメディーが多かったけれど、その映画の字幕に出てくる言葉が違う。少しずつ、自分たちが使っている言葉とはまったく違うなとわかっていく。

そして大人になってから……

津軽弁は日本国内で一、二を争う難解な方言だということを知ります。これを知ったとき、とてつもなく嬉しかった。文法や語源、歴史など知りはしないけれど、使えるんですから。努力も奮闘もしていない、予習も復習もしていない、学ぼうとも修めようとも思わないまま、分かるし使える。ならば遊ぼう。

すべての根っこはここにある。「方言で遊ぶ・方言を遊ぶ」、これがキーワード。

さて、ではその津軽弁とはどういうものか。まず、いまの日本語のもとになっているヤマト言葉があるわけですが、これにいくつかの要素が加わって出来てきたものらしい。

その話に入る前に基本的なこと。青森県には大きく言って三つの地方があります。おおよそ西半分が津軽、東半分つまり太平洋側が南部、そしてマサカリのような下北半島のところが下北。それぞれ少しずつ気候も言葉も違います。

さてその津軽地方の津軽弁。ただ訛っているだけと聞こえるかもしれませんが、ちょっと違う。もちろん訛りも多い。たとえば大根。「だいこん」が訛ると「でいごん」、さらに訛って「でご」。言いやすいほうへと変化していく。これが訛り。

これに対してトウモロコシ。これを津軽では「きみ」と言う。トウモロコシはどう訛っても

「きみ」にならないぞ……でもトウモロコシはトウキビとも言うから、キビが訛って「きみ」になったのか…なるほど…などと一瞬納得しそうだけど、そういうことでもない…らしい。実は「きみ」はアイヌ語でトウモロコシのことなんだそうです。聞きかじり、読みかじりで「きみ」はアイヌ語と知らされた。こういう言葉も津軽弁には入っている…らしい。

ウソでも面白いほうが面白い――これは親から受け継いだわたしの信条です。このあたりもこの先も、そのつもりでいてくださいね。ぼんやり「へぇ、そうなんだ」なんてのんびり聞いていると置いていかれますよ。わたしが面白いと思っていることが面白い――これが基本ですので、ネ。

さてそれはともかく、いま挙げた「きみ」のように、東日本から北にかけて広く住んでいたアイヌの人たちの言葉が津軽弁には入っています。たとえば「まぎり」。これはアイヌ語の「マキリ」がもと。アイヌ語辞典では「マキリ」＝小刀と出ています。包丁も「マキリ」。わたしの世代は小学校の時、鉛筆はすべて「まぎり」で削った。そして「けり」。靴のことで、これもアイヌ語と同じ。津軽では長靴を「長けり」と言います。アイヌの博物館で説明に「鮭の皮で作ったケリ」なんてあるのを見ると、あァ、同じだと嬉しくなっちゃいますね。

こんな話もある。子どものころに飼っていた猫の名前はチャペ、隣の家の猫もチャペ。昔は猫の名前といえばチャペが多かった。餌を食べるときにちゃぺちゃぺと音をたてて食べるからかなと思っていたら、アイヌ語辞典を見てびっくり。「チャペ」はアイヌ語で猫だった。ということは…… これまでわが飼い猫を名前のつもりで「猫」「猫」って呼んでいたのか!

そして昔は北前船が日本海を行きかっていたので、京・大坂あたりの言葉も大きく影響しているらしい。わたしが調べたんじゃありませんよ。ものの本によると、そうだと言う。たしかに共通点があるらしい。そのひとつに、少々専門的なフリをしますが、「入りわたり鼻音」というのがあるそうです。簡単に言えば、必要のない「ん」。「ア、そこの、んはいらないんでないの」の「ん」。たとえば「窓」は津軽では「まんど」と言う。「手袋」が「てんぶくろ」、「筆」が「ふんで」となる。これは京都も同じで、「ごぼう」が「ごんぼ」とか、なくてもいいところに「ん」が入る。

ほかにも共通する言葉がいろいろ。「気張る」や「しんどい」、「なんぼ」も共通。津軽でも「なんぼになるっきゃ」と言う。たくさんのことを京都では「ようけ」、津軽では「よげ」、暖かくなることを京都では「ぬくとうなる」、津軽では「ぬぐぐなる」。濁点が好きなんですね、津軽は。

北前船のおかげで、面白いことも起きた。たとえば「ねまる」という言葉。「坐る」という意味で、津軽の人に訊くと「代表的な津軽弁ですよ」などと胸をはって言う。ところが、秋田県の海沿いのところへ行って「ねまる」って何ですかと訊くと、「坐る」の意味で秋田弁だと教えてくれた。じつはこれ、山形県でも新潟県でも富山県でも、海沿いは全部同じ。そして面白いことに、それぞれ「ねまる」は自分のところの固有の方言だと思っている。ところがそうじゃないんですね、「ねまる」はいわば日本海側の標準語、あるいは共通語と言ったほうがいいかな。実際、この「ねまる」、『広辞苑』にも「①すわる。うずくまる　②黙ってすわっている。とじこもる。③くつろいで居る。楽にすわる。④ひれ伏す。平伏する。⑤寝る。臥す。⑥腐る」と、ちゃんと意味が載っている言葉。

「ねまる」に限らず、日本海側だけの共通語がけっこうあるらしい。これを探すのがまた楽しい。かつて交通の大動脈は船だったから、新しいものや言葉が真っ先に日本海側にやってくる。昔は北前船が新幹線だったんですよ。太平洋側は山の中を歩いて行くしかない。裏日本がじつは表日本で、表日本が裏日本だった、そんな時代があったと言えるかもしれないですね。

その言葉がどこからの影響なのか、まるでわからないものもある。そんな時は、自分で面白い話を作ってしまえばいい。間抜けな奴のことは津軽では「ほんつけなし」。そうか、「ほん」は帳簿だな、あいつは商売人なのに帳簿もつけられない、いくらで買っていくらで売ったのかもわからない、どうしょうもない間抜けだなあ。だから「ほんつけなし」なんだと。ほら、そう言われると、まァ、それでもいいなァなんて思う…でしょ。こんなことを考えたりして遊ぶ。

津軽弁とは関係ないですが、アイヌ語で帆立貝のことを「アッケテク」といいますが、これがまた面白い。だってあれ、開けないと食えないですもん。ホントは日本語じゃないかと想像するのも楽しい。

そういえば、イクラ。イクラはロシア語で、鮭の卵に限らず、魚卵一般をいうのだとか。北海道は魚卵の宝庫、とくれば当然かつての青函連絡船が思い浮かぶ……〽魚卵、あれが竜飛岬……　イクラはロシア語と知って嬉しくなり、下の子どもに訊きました、「イクラって本当は何語だか知ってるか」。そしたらすぐに「タマゴ」。親が負けました。

閑話休題。

津軽からはとてつもなく離れていて、いったい何の関係がというほど離れている沖縄。不思議なことに、よく似た音と言葉が多い。沖縄では、「あいうえお」が「あいういう」で、「え」と「お」の音がない。つまり、イとエ、ウとオの区別がない。だから、海老は「いび」。このあたりはたしかに津軽とそっくり。

菓子を「くゎすぃ」、火事は「くゎずぃ」。こういう発音も、沖縄と津軽とまったく同じ。昔の日本ではこう発音していたらしく、古語残存というんだとか。都から同心円的に離れていって遠いところに古い音が残っていることがある、それがウチナーグチであり津軽弁である、ということらしい。そう聞けば、ア、なるほど。

さらに言うと、津軽弁にしかない独特の言い方があるのだとか。津軽ではだれでもごくふつうに使っている「ら」。たとえば「昨日、魚釣ってら時に」と言えば、「魚釣りをしていた時に」ということ。標準語では「していた」と言わなければならないところを「ら」の一言で済ます。この「ら」、むずかしく言うと「過去進行形」を示す。こんな使い方は津軽弁にしかないと、金田一先生に教わりました。探偵じゃないですよ、国語学の金田一春彦さん。

ちなみに金田一先生がおっしゃるには、津軽弁と鹿児島弁が日本のなかでもっとも難解な方言なんだと。でもそんな難解な言葉を習ったこともなく考えたこともなく、「エンフルインザ」と言おうが「エロインピツ」と言おうが、日常生活語として使いこなし、お互いにちゃんとわかるんだから、これは楽しまなくちゃ。

さてここで趣向を変えて。津軽弁の短い会話として有名な「どさ?」「ゆさ!」。

これを題材にあちこちに書いたりしゃべったりしてきたので津軽弁と遊ぶ実例としてご覧にいれます。

どさ？　ゆさ！

津軽では冬の寒さのせいで言葉がだんだん短くなり、世界でもっとも短い会話なるものが存在します(と言っておきます。世界中の言葉を調べたわけでもないくせに)。町でばったり会った二人の会話です。いわく、

「どさ?」

「ゆさ!」

どちらにお出かけですか、お風呂(銭湯)に参ります、となるのだが、はたしてどこの誰が作った話やら。ある種、よくできた話と。

どさ、ゆさ。漢字まじりで表記してみると、さしずめ「何処さ?」「湯さ!」

さ【助詞】…(格助詞)方向を表す。現代では東北地方で用いる。…へ。…に。

ちなみに「どさ」そのものも辞書で見ると「地方または田舎をさげすんでいう語。どさ回り」などと出ていて嬉しい。どさ回り＝劇団などが地方回りをすること。また常設の劇場を持たない地方回りの劇団の称、と。

「どさ?」「佐渡!」

上から読んでも呼ばれても、下から読んでも呼ばれても、「どさ」「さど」、きれいに田舎をまわっている見事さ。常設の劇場を持たなくても魅せる回り舞台は銀座の上ゆく金の態。

「どさ?」「ゆさ!」二音、二文字だけの会話でよければ、「何処に」と問われて必ずしも風呂、銭湯、「湯」でなくともよい。

「どさ?」「家(え)さ!」

「どさ?」「田さ!」

問いかけが何処とあるから、答えて、湯なり家なり田んぼなのであるが、設問の状況、情勢、場面によっては胃炉歯荷帆屁徒。一文字だけで意味のある言葉は山ほどある。付けて加えて方言の面白さとでも言っておこうか。

「どさ?」

「ゆさ!」

「だど?」

「など!」

「わど?」

「など!」

「へば」

どこへ行くのだ。湯に行くのだ。誰と行くのだ。おまえと行くのだ。わたしとだって？　おまえといっしょに行くに決まっているではないか。そうかい、それでわざわざ迎えに来てくれたのなら、いっしょに行こうじゃないか、となる妙。

津軽弁、なるほどあらためて他所さまにも理解していただこうと思って書き出してみたら、その長ったらしいこと。津軽では冬の寒さのせいで言葉がだんだん短くなり、桜の便りにも雪が降り積むほどの土地柄、言葉が短くなって、さもありなんなのであろう。「どさ？」「くさ！」てのもありますが、一文に紛らして。

「どさ？」「ゆさ！」

世界でもっとも短い会話であるかどうかは別として、代表的な津軽弁の会話の例としては観光案内用としても素晴らしい。いままでもこれからも、末永く利用させていただきたいものと。

「どさ？」「ゆさ！」

この簡素にして簡潔。この質問にしてこの応え。忘れようにも忘れられない短さと響き。どこへ、お風呂へ。まだ湯につかる前にしてこの垢抜けよう。帰りではないのだ。いきなのだ。

「姐さん、イキだねえ」

「あたしゃ帰りだよ」

江戸の小咄に負けず劣らずの出来映え。

町でばったり。相手が何処へ行こうとどうでも良いのである。ちょいとそこまで、と言われても納得するのである。社交辞令以前の会話。それにキチンと風呂だ銭湯だと応える独自独特、唯一な会話の妙。意訳だか直訳だか知らんが、英語では、「ホエア？」「ユニーク！」だねえ。

近ごろ、カタカナが漢字に見えてしかたがない。それを笑える幸せ。笑えましたか？

（『産経新聞』東北版「言葉の贅肉」二〇一〇年四月十七日）


この文章をご覧いただいて、一瞬、何のことか迷った言葉があったに違いない。「どさ？」「ゆさ！」に続く会話、「だど？」「など！」「わど？」「など！」「へば」。翻訳をつけたからおわかりと思うが、念のための蛇足。

津軽では第一人称を「わ」、第二人称を「な」と言う。共通語（標準語）の第一人称といえば、

「わたくし」で四文字、「わたし」で三文字、「わし」で二文字だが、津軽では「わ」一文字。第二人称になると、「あなた・なんじ・きさま・おまえ・おぬし・あんた・あぁた」など、ほとんどが三文字なのに、これもまた「な」一文字。

津軽は寒いからねえ、だから短いのだ……だけじゃない。漢字で表記すれば「わ」は「我・吾」で、「な」は「汝」。この使い方はその昔、古事記だか万葉集だかにすでに用例があり、純粋なヤマト言葉の流れを汲むのだとか。由緒正しいのだ。どうだまいったか。

うむ。相手が「な」で、わたしが「わ」。あなたとわたしが堅く寄り添い結び合えば「なわ」。「なわ」とはつまり「縄」。おお、縄文時代まで遡るぞ。三内丸山遺跡をご存じか。

2　二人の先達に恵まれて

先達が二人、いらっしゃいました。

眼科医で詩人だった高木恭造さん。そして役者であり演出家であった牧良介さん。

まず高木さんのことから。高木さんは一九〇三年青森市生まれ。この人、弘前高等学校を出て青森日報社に入り、そのあと満州医科大学医学部を卒業して弘前に眼科医院を開業。津軽弁の方言詩人としても活躍します。代表作が詩集『まるめろ』。

じつは少年時代、方言撲滅運動がさかんなころでも、図書館には高木さんの方言詩の詩集が置いてありました。これは文学作品だという。一方で津軽弁を使うなと言いながら、文学作品ならいいのか。なんだかヘンだなと混乱しましたけど、せっかくあるんだから読みましたよ。

その『まるめろ』、なかに詩集タイトルと同名の詩がある。わたしの大好きな方言詩のひとつ（高木恭造『方言詩集　まるめろ』一九八八年、津軽書房刊より）。

まるめろ

——死ぬ時(ドギ)のふぢの夢　満州で

枯れ草の中の細い路コ(ケド)行たキア　泥濘(ガチャメギ)サまるめろア落(オツ)でだオン　死ンだ
従兄(イドゴ)アそごで握飯(ニギリママ)バ食てだオン　まるめろバ拾(フラ)ウどもても如何(ナンボ)しても
拾(フラ)えネンだもの……

ああ故郷(クニ)もいま雪(ユギ)ア降てるべなあ

「まるめろ」の詩の副題にある「ふぢ」というのは、高木さんと一緒に渡った満州で亡くなった最初の奥さん、ふぢさんのこと。枯れ草のなかの細道、泥濘(ぬかるみ)のなかに落ちていたマルメロの実、握り飯を食べていた従兄……　死の床にあるふぢさんが見る風景……
『まるめろ』から彼の詩をもうひとつ。

煤ケダ暦

姉サ嫁ネなて去(エ)た日(シ)ア
庭(ツボ)のぐみア真赤であたし
母親(オガ)サ死ンで去(エ)た日(シ)ア
濡雪(ヌレユギ)ア降てゐだんだド
父親(オド)サ死ンで去(エ)たのア
屋根の氷(スガマ)コア溶(ト)げがてゐだ時(ドギ)だし
吾(ワ)ア家(エ)がら出ハてしまつた晩(バゲ)ア
宵祭(ヨミヤ)の花火アあがてゐだネ

高木さんは一九八七年、八十四歳で亡くなりました。わたしも主唱者のひとりになって、いまも続く「津軽弁の日」という催しは、彼の一周忌となる一九八八年十月二十三日から始まります。十月二十三日は彼の命日。津軽弁による文章や詩、短歌、俳句などを広く募集して、この日に入選作を発表する。これは今年(二〇一五年)でもう二十八回になりました。

「高木さんを偲ぶ会」なんて名前でもよかったんですけど、そうするといずれ、「高木さんて誰ですか」という人が増える。だったら「津軽弁の日」としておけばいい。「なんで今日なんですか」と訊かれたら、「高木さんという人がいてね」と伝えられますでしょ。

この催し、けっこう盛り上がるんです。津軽弁をこよなく愛する人たちが、先達の方々の思いを受け継ぎながら、愉しくにぎやかに遊ぶ。こんなことが津軽弁を元気にしていく。

たとえばということで、第十一回(一九九八年)、体験記の部で入賞した作品、山本和子さん「婆(ば)ッちゃの年齢」をご紹介。

婆ッちゃの年齢　　作・山本和子(青森市)

あれぁ昭和の二十四年が五年…いや二十五、六年か七、八年の頃。いや、も少し前だったが後だったが、とにかぐそのあだりの頃であったど思う。とりあえず戦争は終わっだあどだったはずだと思うだばて、これもアデにはならね。

近所のオガさま、ふたり三人寄れば、たんだでばお茶飲み話コさ、花ァ咲せであった。


「ところで、お前だの婆ッちゃ、なんぼになりした?」

「おえの婆ッちゃが?　おえの婆ッちゃ、下駄屋の婆様のふたつ下だど」

「その下駄屋の婆様、なんぼになりす?」

「床屋のオガさまより、ひとつよげだんでへんが?」

「んだんだ。オラ家の婆様ど同級生だはんで、お前だの婆ッちゃとふとじですべ」

「んにゃ。床屋のオガさまよりひとつよげだんだば、下駄屋の婆様の妹と一緒ズだべ」

「どこにそすた！　へば畳屋の婆ッちゃがおえの婆ッちゃより上になりすべ？」

「畳屋の婆ッちゃは床屋の婆さまの妹どは四っつ違うて」

「したばで、下駄屋の婆様のふたつ下がおえの婆ッちゃだのさ」

「して、お前だの婆ッちゃ、死んでから何年になりす？」

「床屋の婆ッちゃ死んだ次の年だはで…はから…何年になりす？」

「床屋の婆ッちゃの前のトシでへんが？」

「そだがも知らねのぉ」

「死ねばいとごまだのぉ」

「んだきゃのぉ…」


さて、いまだに婆ッちゃのトシはわがりませんし、いつ死んだのかも、はっきりしません。あの近所のオガさま達はいったい何を喋りたくて喋べてらんだがさ、何ばどうしたくて喋べてらんだがさ。結局ぁ、ただ喋りたくて喋べてらだげだったんだべの。そろそろオラもそんなトシに近づいて来たのでしょう。この話コ、聞いたのがいつ頃だったのが忘えだまま、こうして喋べてるんですから。

はあ？　オラのトシ？　……オラ、ウヂの姉と四つ違うのさ。

これ、声に出して読んでみてください。何度読んでも、婆ッちゃやオガさまたちの年齢や関係がわかりません。図に書いてみてもわかりません。そこがいかにも日常会話。

しかし雰囲気はわかっていただいても、意味がわからないと隔靴掻痒でしょうね。津軽弁初心者の方々のために、ごく簡単な解説を。

【たんだでば】何かと言うと　【おえ】わが家　【よげだんでへんが】多いのではないだろうか　【ふとじ】同じ　【どこにそすた】そんなバカな　【はから】すでに　【いとごま】あっと言う間

こうしてみんなで寄ってたかって津軽弁で遊ぶ楽しさこそ、この津軽弁の日という催しの醍醐味。その根っこにある高木さんと高木さんの詩のおかげというわけです。

そしてもうひとりの先達、牧良介さん。一九三七年生まれだから、わたしのちょうど十歳上。牧さんは青森の劇団「雪の会」のメンバーで、津軽弁一人芝居をやったりする異色の俳優さん。その牧さん、一九七四年にそれまで勤めていた法務局職員を脱サラして、ライブハウス「だびょん劇場」をつくった。「だびょん」とは、津軽弁で「〜らしい」という意味。だから「だびょん劇場」とは「劇場らしい」であって「劇場そのものではない」の意。ある種の謙遜と思っていい。この「だびょん劇場」のおかげで、どれほど津軽弁が生き生きとしたか。わたしの「十三日の金曜日」コンサートはこの劇場があったからこそ始まった。このイベントは二〇〇〇年まで続き、その後、会場をかえて今でも続いています。

牧良介さんの作った名作はいくつもあります。

「婆様、元気だなぁ。何、喰てれば元気になれる?」
「うん。トシ喰って」

雨の日は、雨が降り、
雪の日は、雪が降り、
晴れの日は、晴れが降る

「晴れの日は、晴れが降る」、あァ、なんでこんな楽しいフレーズを思いつくんだろう。こんちくしょう! できればわたしが思いつきたかったよ。

さて、この「だびよん劇場」、わたしは最初からというか、建築途中からしょっちゅう顔を出していました。ああ天井ができましたね、おや壁が完成しましたか、と興味津々、見守っていた。そしてやっと完成する。完成したはいいけれど、その当時のこと、はてライブハウスとは何をやるものか、みんなよく知らない。舞台は作ったし、マイクもスピーカーも全部用意したけど、さて、何をやったらいいか。

そうしたらわたしに話が来た。牧さんはこう言う、「三十分間、メモを見ないで話せるか」。続けて言う、「条件は一分に一回は笑わせること」。これはすべて、酒を飲みながらの話です。やろう、やろうと盛り上がる。「じゃあ来週やろう」

それで一週間かけて準備した。その最初の会、客はわずか三人。それが口コミで広がり、次第に人が集まってくれるようになって、百五十人ほど入るこのライブハウスが満席になったりしていく。

この「だびよん劇場」、月に数回、演劇公演やコンサートがある。実験演劇でも詩の朗読会でも、プロでもアマでも、ともかく広く受け入れた。牧さんらしいというのか、「実演付き居酒屋」と称していて、店のメニューも一風変わっていた。たとえば、牧さんの手書きで「身欠き鰊(雄すすめ品)」「はらみ鱒(雌あがれ)」なんて書いてある。役者や歌手がフラッとあらわれたりもすれば、単なる酔っ払いが来たり、不思議に面白い空間でした。

牧さんは一九九二年、五十五歳で亡くなります。だびよん劇場も担い手を失って、惜しまれながら閉店しました。

九三年から四年間、劇団「雪の会」の役者さんたちが「だびよん劇場の人々」を公演しますが（劇団の役者たちが小芝居の流れをつくり、そこにゲストがあらわれるという趣向）、それもやがて途絶える。でもどこかでやりたい、牧良介というユニークですばらしい人間がいたことを伝えたい、これはもちろんわたしだけの思いではありません。

二〇〇八年、牧さんの十七回忌にそれが実ります。牧さんの命日である九月二十五日、青森市民ホールで復刻追悼公演「だびよん劇場の人々」。わたしはこれを演出し、主役として出演しました。東京から永六輔さんも来てゲスト出演、賑やかに盛り上がりました。九百人収容する会場は満員でしたよ。

ちなみに「だびよん劇場」ができた一九七四年（昭和四十九年）。この年はほんとうにいろい

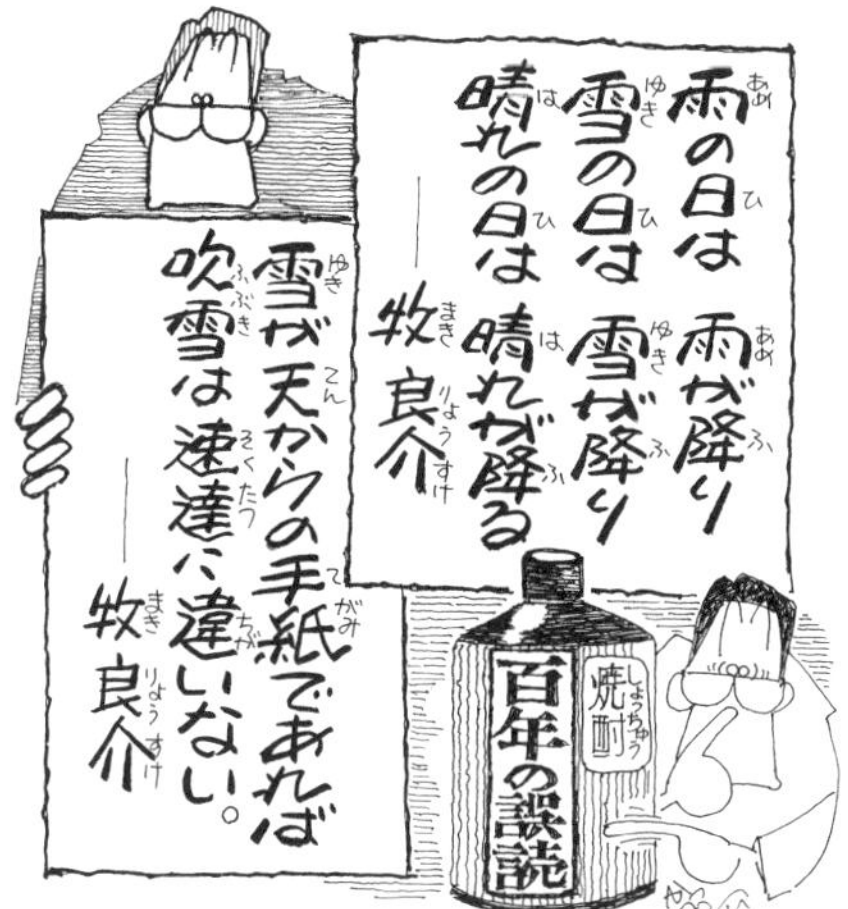

ろなことが重なった年でした。「十三日の金曜日」コンサートが始まったし、牧さんの出身母体である青森の劇団「雪の会」が初めて東京に行って渋谷ジァンジァンで津軽弁の芝居をやったのもこの年。客席に寺山修司がいたり、早稲田小劇場の人たちがいたりしましたね。

そして、わたしにとって何より大きな出来事は、最初の本『消ゴムでかいた落書き』が出たこと。これが全部、この年だった。あらためていま、大きな転換の年だったなあと思います。もっとも、「雪の会」の初めての東京公演のとき、渋谷のジァンジァンにはできたばかりの本を二十冊持っていって、二冊しか売れなかったけれど。

ともあれ、そんな「だびよん劇場」ができたおかげで、わたしも遊びの場がぐっと広がった。歌手でもないのに、作詞作曲、そして本人がギターを抱えて歌ったりもする。目で見たり読んだりするための「作品」ではなく、音として耳に届けばよいのだから、とにかく耳に調子がよければよかった。たとえば、こんな調子。

標準語

軽薄(もっけ)で　狼狽(ちゃかし)で　超饒舌(よげしゃべり)

愚か者（ほんつけ）　間抜け（ほずなし）　強情張り（ごじょっぱ）
田舎者（やまざる）　真在郷（あがじゃご）　飛び出して
喋（しゃべ）ねば良（え）のに　偽紳士面（えふりこぎ）
喋（しゃべ）ってしまたね　標準語

私ねぇ　電車で吊革にたもじがってた時は
覚えてたのに　降りたら　紙袋むつけら
ハンドバッグも忘れたのよねぇ。

貧相（かつけ）で　貧弱（かちょぺね）　超饒舌（よげしゃべり）
無駄口（ちょちょじ）の　無駄口（ちょちゃべ）の　強欲者（よくたがれ）
無遠慮（ずへらど）　無作法（はかくせ）　果報者（たがらもの）
赤面顔（みったくなし）の　猿面顔（さるがに）が
知識人（おべさま）　気取（きど）った　標準語

私ねぇ　東京はじめて　さきた六本木に
行ったのよね　にぎやかねぇ六本木って
青森にも三本木ってあるけれども

【たもじがって】つかまって
【むつけら】と一緒に
【さきた】さっき

倍以上にぎやかで　私どってんこいじゃった

【どってんこいじゃった】びっくりしちゃった

鳩胸（はどむね）　出尻（でっちり）　乗馬尻擬（じょばけつ）で
目腐（めくされ）　出っ歯（でっぱ）の　洟垂（はなたらし）
赤面症（あがつら）　発疹炎症（がんぶ）サ　部分禿コ（てかり）ひとつ
受口（あべぐち）　お兄サン（あんべ）は　多弁症（くちおがず）
乞食擬（ほいどたがれ）が　標準語

あぁ重かったわ　これね青森からのおみやげ
あらぁたなぐ時　気ぃつけないと
底がむじゃけるわよ

【たなぐ】持つ
【むじゃける】破れる

執拗（うだでぐ）　無作法（はかくせ）　強情張（ごぼほり）が
泥濘（がちゃめぎ）　軽々（しゃじゃら）と　跳躍試（はねるがて）み
大腿（よろた）サ　極限存分（のれそれ）　跳ね泥（すばね）あげ
脛（すね）から　捲（まぐ）って　三白眼（べごまなぐ）
破顔一笑（にごらどわらって）　標準語

あの人ねぇ　東京ぐらしが三年にもなるのに
まだコトバつきがなおらないのよ
いっしょにお茶飲んで
そろそろあべましょうよって言うのよ　　【あべましょう】行きましょう
私、言ってやったわ
ねぇあなたその言い方　少しえぱだでない？　【えぱだ】変、妙

この歌、ちゃかしたり嘲笑ったり悪態ついたりという津軽弁を、これでもかこれでもかと並べ立て、これをメロディに乗せる。そしてそのあと「わたしは違うわよ、標準語で生活してるんだから」と気取っている人の科白。肝心なところでつい津軽弁が出てしまうおかしさ。そんな構成。

当時の歌詞カードを見てみたら、「標準語」と科白以外はすべてひらがな表記になっていたので、今回あえて漢字にルビ付きで書き直してみました。

これはウケましたねえ。どれくらいウケがよかったかというと、コロムビアレコードからシングル盤が出て、東北各地の有線放送で週間ベストテンに入り、地元青森では三週だったか連続一位に輝いたりしたくらいで。それで当初は歌も科白も三番までだったのが、どんどん作り

足していった。

　とくに、いまのいままで共通語(標準語)だと信じていた言葉がじつは津軽弁であったのだと知る瞬間は人前で恥をかく場面であり、おおかたの津軽人はそれを一度や二度ならず経験している。ウケたのは「わが事」としてウケたのです。そしてそれは津軽に限ったことではない。調子に乗ったわたしは各地の知人から言葉を集め、仙台弁、山形弁、盛岡弁、新潟弁、そして江戸弁にまで翻訳して歌っていた。アハハ。

　ちなみに各県版の取材過程で、必ず生じたエピソードがある。こういう性格の歌だから、「他人を馬鹿にする方言を教えて下さい」と訊く。そうするとみな一様に「ウチの方言に他人を馬鹿にする言葉はありません」とおっしゃる。ところがね、夜になっていっしょに酒でも飲もうものなら、「ああアレもあった。コレもあった」。その人がそのまま歌のモデルになってしまったりする、嘘つきの見栄っ張りとしてネ。ウフフ。

3　日記で遊ぶ

わたしの最初の本、『消ゴムでかいた落書き』。一九七四年六月。すべて手書きの方言詩集です。全部で六十四篇。自分で清書して、それを印刷製本してもらった。

これは自費出版です。なんでそんなことをしようと思ったかというと、たまたま三十万円というお金が手に入ったから。いや、これはもともと自分のお金で、どこからかころがりこんだわけではない。会社に給料天引きの貯金制度があり、それに申し込んでいたのをすっかり忘れていて、それが満期になっただけのこと。でも臨時収入には違いない。これをどう使おうか。そこでふと思いついたのが本。じつは当時、わたしの手元に材料がいっぱいたまっていた。

わたしは二十歳で青森放送美術部に採用されて、六畳一間で一人暮らし。ともかくひまです。しかしお金はそうはない。金をかけずに楽しく遊ぶ方法はないか。それで思いついたのが日記を書くことでした。だからこの日記、楽しいことしか書かない。楽しいことがなければ、日記のうえで嘘をついてでも書く。そう決めて、私は毎晩、日記で遊んだんです。津軽弁の方言詩みたいなものもここで書いていた。たとえば……

寒いはで

別に嫁コほしいど思わねばて
　明りコついだ家サ
　ただいまァって　帰ってみてなぁ
別に嫁コほしいど思わねばて
　たまに　おみやげ買って
　ただいまァって　帰ってみてなぁ
別に嫁コほしいど思わねばて
　暖い部屋サ
　ただいまァって　帰ってみてなぁ
別に嫁コほしいど思わねばて
　なんだがさ
　嫁コほしいど　思わさてきたなぁ

日記というと、忘れてたまるものかという悔しい思いを書く人が多いんでしょうね。そうすると、あとで読み返すと、もう一回、悔しい思いをする。それではつまらない。わたしは十三歳で母親が死に、十八歳で父親が死んで、悲しいことを十代で済ませたから、あとは全部、楽しいことしかやらないと決めていたんです。

母親（かっちゃ）

毎晩（まいばげ）　酒飲（さげの）んで騒（さわ）いでるのに
酒（さげ）ェ飲（の）まねば
明日（あした）　来（こ）ねんた毎日（まいにち）だのに
何故（なだ）がさ　ひとりコになりたくて
知（し）らね喫茶店（きっさてん）サ入（はい）てみだ。
ぼさぁーと珈琲（コーヒー）すすて
壁（かべ）の暦（こよみ）　十二月十九日。
母（か）っちゃの命日（めいにち）……十三回忌（かいき）。
生（う）まえで十三年（ねん）　いっつもいしょずで。

死んで十三年　ずっと　ひとりコで。
同じ十三年だのに
ひとりコになてがらの方が
　うっと　長んた気すなァ。
明日がらは
　本当に長ぐなて行ぐんだべ。
珈琲　冷ぐなてまた。

この『消ゴムでかいた落書き』ができたとき、いっしょにワイワイ飲んでいるやつに「本が出たよ」と言ったら、「いつ書いた？」とびっくりされました。いっしょに毎晩のように飲んでいましたから、「本なんか書いている時間があるとは思えなかった」と。

でも毎晩、日記は書いていたんです。酔っ払って書けなかったときは、朝起きてすぐ、昨日の分を書く。その日記にちょこちょこ書いていた方言詩のようなものをまとめたのがあの本なんですから。つまり毎晩飲んでいても、日記は書いていた。

これができたのには仕事柄もありましたね。テレビ局ですから、仕事はいわゆる九時から五時のサラリーマンじゃない。早勤・遅勤がある。『今日の出来事』なんていうのが夜十一時か十一時半にあって、ローカルニュースの差し替えがあったりしますから、夜勤のときは夜十二時までの勤務。だから出社は夕方三時とか四時とか。早勤だと朝は五時半か六時ぐらい。朝イチのニュースのために写植(写真植字)を打つために行くんですから。その時は二時か三時で終わっちゃう。非常にランダムな、三つか四つぐらい出勤の時間差があった。

つまり案外、何か書くための時間はあったんです。午前中からはさすがに酒は飲みませんしね。毎日九時五時という仕事で、毎日五時半から飲んでいたら……書けなかった。

あ、わたし、しばしば誤解されるんですが、青森放送はアナウンサー職で入ったわけではありません。美術部なんです。入社の経緯も不思議なんですが、アルバイト生活をしているとき、ラジオドラマが縁で知り合った青森放送の偉い人から「フィルム現像の仕事ならあるぞ」と履歴書を出すよう勧められた。結局その仕事はダメだったんですけど、履歴書の文字がおもしろいと評価された。

わたしはずっとレタリングに興味があって、高校時代に通信教育を受けたりしていたものですから、その手法で書いたんです。それがおもしろがられて、絵も描けるのかと訊く。それでイラストを何枚か見てもらった。それが評価されて、美術部に採用されたんです。つまりわたしは、履歴書の中身じゃなくて、文字づらで就職した人間なんですよ、だから本をつくるために手書きで清書するなど、まったく苦にならない。

ともあれ、こうして本ができました。十六・五センチの正方形の本、それが五百部。嬉しかったけれど、なんせ六畳一間ですから、しばらく本に埋もれて生活していました。

さて、そうしたら思わぬことにこの本がレコードになる。きっかけになったのは、ラジオのニッポン放送の番組「日本全国八時です」。この番組、各ローカル局が企画したものを全国ネットで流すんですが、たまたま青森放送にその順番がまわってきた。

そのときディレクターがフッと思いついたらしく、こんなことを言う。「そうだ、おまえのつくった本があるな。津軽弁だから、青森放送らしくてちょうどいい。せっかく本人がいるんだから、アナウンサーじゃなくて、おまえが読め」と。

これにはエエッとうろたえました。「全国放送でしょ？　東北の人ならともかく、ふつうは津軽弁の詩なんて意味わかりませんよ」「内容はわかんなくていいんだ。津軽弁だとわかればいいんだ」。

こんなムチャクチャな論理に押し切られて、ともかくやりました。読んだのは三篇か四篇でしたか。そのなかに「えくぼ」という詩があります。これ聴いた人は全部わかったかどうか……

えくぼ(笑)

むがし
赤子(おぼこ)　生(う)まえれば
赤飯(あげまま)たいで神棚(かみだな)サあげだんだど
男　赤子(おどごおぼこ)の時(とぎ)は
お膳(ぜん)サ石(いし)コロもいしょずにあげで
この石(いし)コだえに
堅(かだ)ぐ強(つお)ぐなりますようにって

女　赤子(おなごおぼこ)の時(とぎ)は

丸(まる)ぐ盛(も)った赤飯(まま)サ指(ゆび)つっこんで
この小(ち)っちぇ穴(あな)コだえに
可愛(めんご)いえくぼ(笑)　できますようにって

私(おら)の母(か)っちゃ
何(なに)ぁまぢがたんだがさ
私(おら)　生(う)まえだ時(どぎ)
赤飯(まま)サ指(ゆび)つっこんで
神棚(かみだな)サあげだんだど……

これッ見(み)ヘッ
こったらヒゲ顔(づら)の大人(おどな)になても
私(おら)の頰(ほぺた)
私(おら)の頰(ほぺた)サえくぼ(笑)
可愛(めんご)いえくぼ(笑)……!?

今でこそテレビもラジオも面白がって方言を取りあげていますが、当時は方言が方言として そのまま電波に乗ること自体が珍しかった時代。ところが面白がった人がいたんですね。それもコロムビアレコードの営業の人。ラジオを聴いていて、おや、これはいけると。会社に訪ねて来られたのは放送の翌日でした。「レコードを出しませんか」。わたしはびっくり、「こっちはもう本をだすのに金を使ってしまったから無理ですよ」「いや、こっちが吹き込み料を払うんです」。

そうなんですか！　じゃ、やりますよね、そりゃあ。その朗読のレコードが出たのは一九七七年（昭和五十二年）。ちなみに、その後も詩のレコードはいくつも出ることになるんですが、びっくりしたことがある。すべてBGMがすごいんです。美空ひばりさんとごいっしょしたスタジオミュージッシャンばかりで。それに若き日の久石譲さんも参加してくださっている。

ともあれ、すべては『消ゴムでかいた落書き』から始まりました。たまたまラジオで読んで、たまたまそれをコロムビアレコードの人が聴いてくれて……　本の中から三上寛さんが選んで曲を付けて、青森でコンサートをやったこともあります。三年くらい、この一冊でいろいろ遊んでいました。あのころはずっと暇でよかったな、とつくづく思います。

こんなことで始まったものですから、わたしはいつのまにか方言詩人と呼ばれるようになりました。あるときに「放言詩人」と誤植されたことがあり、それもいいなあと思っていますが、閑話休題。

むかし、国語学者の金田一春彦先生と仙台で公開対談をしたことがあります(一九九二年二月)。金田一先生がおっしゃるには、方言の豊かさはとくに擬態語・擬声語の豊富さにあるそうな。たしかにそうかも、されば、と思いついた詩がこれ。

のれそれ寒(さ)び晩(ばげ)　(とても寒い晩)
むすむすど降(ふ)てら雪(ゆぎ)　(音もなく降っていた雪)
朝間(あさま)ァのたんこ　(朝にはとんでもなく沢山)
積(つも)らさてらね　(積もっていた)
でぐばぐ歩(あさ)いてらきゃ　(歩きにくい道を歩いていたら)
わっつどやぷからさ　(いきなり吹き溜まりに)
おけてまたじゃ　(転んでしまった)
こんみど痛(いで)くて　(心底痛くて)
わぁい気(き)まやげるきゃ　(なんとまぁ腹の立つことよ)

このとき金田一先生いわく、「かっぺいさんの話は、中身はともかくテンポに負けるなあ」。相手が学者じゃかなわない。「中身はともかく」でまとめられてしまった。

でも方言だからこそ表現でき、方言でなければ伝わらないものは、たしかにある。そして、わからない人にはわからないというところが、ネイティブにとっては快感。これはどんな方言でも、どこの国の言葉でも、同じでしょうね。

もっとも、津軽弁がわからなくても、おおよそわかってもらえそうな方言詩だってあります。もちろんそんなつもりで書いたわけではないけれど。

手紙（あらあら）

拝啓（はいけい）
まず電話（でんわ）がかがて来（こ）ねぐなて
手紙（てがみ）も来（こ）ねぐなりましたね。
いしょずに珈琲（コーヒー）飲（の）まねぐなて
酒（さけ）コも飲（の）みに行（い）がなぐなりましたね。
どうしてだの？

嫌いになたら嫌いになったて
ちゃんと　しゃべてければ良いのに。
胡麻煎餅のミミ取るみたいに
少々ずづ離れて行ぐなんて……
ドッと半分に割ってけだ方が
良いのに……

かしこ

ちなみに、さつまあげを鹿児島では天ぷらというそうですが、青森名物南部煎餅は本場ではあくまでも胡麻煎餅。さらに言えば煎餅汁はもともとは南部の食べ物で、津軽ではまず食しません。

さて。

わたしにトークを依頼するとき、だいたいみなさん、津軽弁の面白さを体感させてくれと言う。そのときはこう訊く、「松にしますか、竹にしますか、梅にしますか」と。「それ、なんですか?」「松はイントネーションだけを津軽弁にする。竹は津軽でしか使わない単語も入れて、ちょっとわかりにくいかもしれない言い回しを入れる。梅は津軽弁そのまんま」。どっちが松でどっちが梅でもいいんですが、ともあれ、しゃべりのレベル。梅だと津軽以外の人にはまずわからない。答えはいつも同じですね。「では基本は竹にして、ちょっとだけ梅をまぜてください」。

その一例を。よく知られた童話「桃太郎」。その出だしを松・竹・梅でやるとこうなる。

桃太郎　　松（初級編）　〈イントネーションは津軽弁で読んで下さい〉

昔々　ある処に　お爺さんとお婆さんがおりました。
お爺さんは　山に柴刈りに
お婆さんは　川に洗濯に行きました。
お婆さんが川で洗濯をしていると　川上から
大きな桃が　どんぶらこ　どんぶらこと流れて来ました。
お婆さんは　その桃を拾ってお家に帰りました。
夕方になって　お爺さんが山から帰って来たので
二人で　まないたの上に

桃をおいて切ろうとしたら　桃が　ぱっと割れて
中から　可愛い男の子が出て来ました。
お爺さんとお婆さんは　びっくりしましたが
おおよろこびで　桃から生まれたので　桃太郎と
名前をつけて大事に育てました。

桃太郎　竹（中級編）

むがぁし昔　ある処サ　爺様と婆様ぁ　居だんだど。
爺様ぁ　山サ柴ぁ刈りに
婆様ぁ　川サ洗濯に行ったんだど。
婆様ぁ　川で洗濯してらっきゃ　川上がら
でったらだ桃コ　流えで来たんだど。
婆様ぁ　その桃コば拾らて　家サ戻たど。
晩方になて　爺様　山から戻て来た由
二人してその桃コば喰う気がて　まないだの上サ

桃コば置いで切る気がたきゃ　桃コぁ　ぱかっど割えで
中から　めんごい男童　出はて来たんだど。
爺様ど婆様ぁ　どってんしたばて
桃がら生まえだだはで　桃太郎ず　名前コば付けで
大事に大事に　育でだんだど。

桃太郎　梅（上級編）　〈あるいは解説・解釈付き？〉

〈発声準備音的〉いやァ…可成も　昔の話コだんだ由な。
ある処サ〈地域不特定〉や　爺コと婆　居だんだど〈伝聞〉や。
爺ッコぁ　裏辺の山サ　雑木　収拾るに
婆ぁ　川サ洗濯に　行ったんだど〈伝聞〉や。
婆ぁ　川で洗濯してら〈過去進行形〉きゃ
どしたらだ訳だもんだがさ〈説明不能〉
極端　大型だ桃コ　流えできたずおん〈強意接尾語〉。
婆ぁ　その桃コとば拾て家サ戻たずおんな〈強意接尾語〉。

さあー〈発声準備音的〉して晩方になて爺コぁ
戻てきた　ねぇー！〈期待強要？〉
如何程　旨っ様だ桃コだべずんで〈と〉
包丁コで　切る気がたきゃ〈行動寸前〉
桃コぁ　自然に　カパラッ〈擬音〉ど　割えで
中がら可愛い男童ぁ　出はて来たずおん〈強意接尾語〉。
爺コど婆ぁ　驚愕披露だばて〈が〉
桃コがら　生えだんだ由
桃太郎ず〈という〉名前コにして
可愛可愛で成長補助んだど。

いやしかし、書くには書いてみたけれど……　これは聴かなきゃわからない。いやいや「梅」など、聴いたらもっとわからない、はず。ここだけ説明してもしようがないが、「梅」の最後くらいはもう少し解説しましょう。「めごこのちょんこ」。「めごこ」は「ちょんこ」の枕詞か、あるいは「ちょんこ」が「めごこ」の強意で語調を整えるためのものか。どちらもありそうだけど、こんなふうに続けて言う常套句。「あずがった」は「育てた」の意味〈あずがる＝

育てる)。

こうしてわたしは津軽弁で遊び、ほかの地方はどうなっているのかなと方言を採集してはひとり納得しておもしろがり、詩集やらエッセイ集やら、レコード(ある時期からCD)やらを次々に出して、遊んできました。

そうそう、こんな楽しいこともありました。

もうしばらく前、そう、近頃は沖縄の歌ばかりが流行るなぁなどと思うよりもさらに前、あれは一九九九年九月九日、場所は弘前市民会館の楽屋でのこと。ここで「北で南のコンサート」という名前のコンサートがあって、わたしは出演者として呼ばれていました。このコンサートは青森県立弘前南高等学校の卒業生と在校生とがいっしょになって三年に一度開いている音楽会なのです。

ちなみにわたしは弘前南高校の第一回卒業生。そして第七回卒業の作曲家鈴木キサブロー氏も、この日偶然同じ出演者のなかにいた。ご存じ、中森明菜の《DESIRE》(一九八六年日本レコード大賞受賞)、高橋真梨子《for you…》(一九八二年東京音楽祭世界大会金賞受賞)、近藤真彦の《大将》(一九八五年日本歌謡大賞受賞)、三好鉄生《涙をふいて》など数々の名曲、ヒット曲の産みの親、鈴木キサブローその人です。青森県のイメージソング《青い森のメッセージ》も彼の曲。先輩後輩の気安さもあってあれこれ話すうちに「津軽弁の詞にはまだ曲を付けたことがない」「ならばここにこれが」――と、彼に渡した詩がこれ。

別離（へばだば）――泳ぐ対訳訓付き――

のめくてや　のめくてや
ただ　うぬうぬて　のめくてや
ばしらいで　ばしらいで
たな　この際かげで　ばしらいで
　なづぎばふつけだ　ほぺたこねぱげだ
　きもちコちょしまし　なしてやとちぱれ
　おらだてかちゃまし　泣ぎべちょはだげな
　あんつかあつこど　まみしぐしてろじゃ
　たげだば　しげねべ
へばだばさ　へばだばや
へばだば　へばだば

夢中になって　夢中になって
情熱一筋　夢中になって
心騒いで　身が踊る
時間集約　狂喜乱舞
　額に吐息　頬に頬寄せ
　気持翻弄　何故に終焉
　我が心も複雑　泣くな
　少々心配　元気でくらせよ
　随分と淋しくなるがな
別離だな　別離だよ
さよなら　さよなら

抱がえでや　抱がさてや
ただ　ぬぐぬぐて　抱がさてや
あずましきゃ　あずましべ
たな　あずましてれば　えもだけに
　くぴたコかしげだ　まなぐで話コ
ただでばうずげで　のっつどとっぱれ
のれそれうるだぐ　からきじわぁだべ
なんとばほろごる　どごとばとろける
　みっつど　かがれじゃ
へばだばさ　へばだばや
へばだば　へばだば
へばだばさ　へばだばや
へばだば　へばだば

抱いて　抱かれて
暖く温くと　抱かれてな
気持良いよ　気持良いだろ
幸せを唱えているのが幸せのような
　小首を傾げ　目と目で会話
ひたすら甘えて　突然の終焉
ひたすら狼狽　悪いのはわたし
何をどうすれば良いのだろ
　しっかり生きて行ってほしい
別離だな　別離だよ
さよなら　さよなら
別離かな　別離だろ
さよなら　さよなら

楽屋でのそんな会話も忘れかけた二〇〇二年八月。突然に楽譜と歌唱デモテープがわたしのところに送られて来た。津軽弁の細かいニュアンス、情感を知っているからこそのメロディー。これはこれはと、こちらも一段と本気になり、詞を書き直すこと二度三度。そうしてできあったのが、鈴木キサブロー作曲・伊奈かっぺい作詞の《別離（へばだば）》。機会がありましたら、是非ご一聴ください。二〇〇三年十一月、二十八枚目のCDにライブ版として収録されています。タイトルはそのまま「へばだば」（コロムビアレコード）。

さて。そろそろ津軽弁に慣れましたか？　少しはわかったけれど、とてもとても、というところでしょうね。それはあたりまえです。誰が言ったか、日本国内で一、二を争う難解な方言らしいですから。

むろんお気づきのように、この本は標準語で書いてます。かつてこんなことを言ったことがあります。「わたしは詩を書いたり歌を作ったり芝居をしたり、津軽弁や青森という事柄を材料にして、どれだけ面白いことができるかと考えてきました。よく誤解されますけど、放送やこういうインタビューなどでは標準語で話します。津軽弁を知らない人に津軽弁で話しても、まったく伝わりません。英語を知らない人に、英語で英語を教えるようなものですから」（二〇一〇年十二月、朝日新聞インタビュー）。わたしにとって津軽弁は母語です。だから津軽弁を使える。同時に標準語も使える。こういう言い方をしていいなら、わたしはバイリンガル。

だから津軽弁を愛するとともに、標準語といわれるものを含めた日本語そのものに興味がある し、その豊かさをいとおしく思います。遊んでいないと豊かさを失い、痩せ細ってしまうというのは、津軽弁だけのことじゃないですよ。日本語全体について言えることです。わたしはそう信じますね。だからこそ、しつこくしつこく遊ぶ。

次講からは津軽弁からいったん離れましょう。あたかも津軽弁の対極にあるかにみえる江戸弁。その代表格は落語です。落語を通じてわたしは、言葉とはいかに面白いものか、日本語とはなんと楽しいものか、それを体感してきました。わたしの言葉遊びのもうひとつの原点です。

第二講　それは落語から始まった

思案外詩歌できる偶成ダド羨まし。 
童子だ童子だど思てるうぢに
皆、爺婆になてまて、やらねば駄目くておた
ごとなもさねでなァ少年易老学難成。少女も等じ。
時間ァ無駄にへば駄目一寸光陰不可軽
お陽さまぽかぽかて春だねなァどばほら 
めでら池端の草コ
未覚池塘春
草夢
まぼっと春の夢コ見でらんだが見らえで
らんだがしてる間に庭先の桐の葉コあ
黄色ぐ染まてはから秋。階前梧桐已秋声。

1　憧れもあれば、違和感もある

ではまず、ひとつ文章を読んでいただきましょうか。二〇〇八年に雑誌『望星』が「落語と日本人」という特集を組みました。そのときわたしにも声がかかり、インタビューを受けました。落語との出会い、落語への想いが思わず知らず素直に……

東北人と方言と江戸落語の世界

落語＝江戸文化への憧れ

東北には「寄席」がありませんから、落語はもっぱらラジオで聞くものでしたね。親父が大の落語好きだったので、わたしも小学生のころからよく聞いていました。自分たちがいつも話している津軽弁とは違う言葉(江戸弁)で語られる落語ならではの「笑い」に、子どもながら惹かれました。長屋の暮らしや食べ物、地名など、津軽とは異なる文化を持つ江戸(東京)への憧れもあったと思います。ラジオという耳から入る情報だけで、落語から江戸言葉が、漫才からは上方言葉が幼心に刷り込まれていったと言っていいでしょう。

落語にぐんと入れ込んだのは中学一年生のとき。

足の病気で六カ月間学校を休んだのですが、親父が見舞いに全五巻の落語全集を買ってきてくれたのがきっかけです。噺が六十くらい入っていたかな。退屈しのぎに毎日読んで、『蝦蟇の油』や『寿限無』を次々に暗記しました。ようやく退院して学校に行けるようになると、雨降りで体育の授業が外でできないときには教壇の上に座り、落語なんか聞いたこともないクラスメイトに向かって一席披露。みんなを笑わせていました。

初めて生の落語を聞いたのもこのころです。

近くの高校の体育館に、六代目三遊亭圓生さんの弟子の三遊亭好生さんたちが巡業で来たんですよ。あたりまえのことながら江戸弁を喋る人たちが次々と舞台に出てくる。衝撃でしたね。なにしろ家族も町内もまわりは全員津軽弁。自分たちが話す言葉と違う人たちが、これほどまとまって喋る場面なんて生まれて初めてでしたから。

好生さんの語り口は、いつもラジオで聞いていた圓生さんそっくりだと思ったのを記憶しています。これにくわえて思い出に残るのが、最後の質問コーナーでの出来事です。観客からの自由な質問を受け付けるというものでしたので、わたしはさっと手を挙げて、生意気にも「師匠の圓生さんは古典も新作もやるのに、なぜ好生さんは古典しかやらないんですか」って訊きました。すると好生さんは、「師匠は踊りでいうと新しい踊りの振り付けができる人、その振り付けを習って踊るのが我々です」とまじめに説明してくれました。これには中学生ながら感銘を受けましたね。落語の地方巡業は、地方に住む人たちが江戸文化に触れる貴重な機会だったと思います。

地名も食べ物も落語で学んだ

高校時代には、落語家が主人公の東宝映画『羽織の大将』を見て大感動した思い出があります。落語家を志す主人公のフランキー堺さんが、加東大介さん演じる師匠に弟子入りする映画です。本やラジオでしか触れたことのない噺家の世界を、映像で実際に見ることができてうれしかったですね。落語でよく登場する長火鉢なんて、字面で見るだけでは何だかわからなかった。スクリーンで見て初めて納得できました。

寄席に初めて足を運んだのは二十歳のころでした。以来、東京に行くたびに一人で通いました。一番頻繁に行ったのは上野鈴本演芸場。上野駅から夜行列車に乗る前に二、三時間いる、というパターンが多かった。そのころ、圓生さんや立川談志さん、それに病気から復帰後の五代目古今亭志ん生さんが圓菊さんに背負われて高座に座り、緞帳が上がるという伝説の場面も見ました。わたしと同世代でこれほど寄席に足しげく通った人間は青森にはいないんじゃないかな。秘かな自慢です。

東京の人は、まずはライブの落語経験をして落語を好きになるパターンでしょう。でも、地方の人間はまずは本やラジオ、テレビで落語に触れて、あとからライブ体験をする。わたしと同い年の東京生まれの友人が、学生時代から歌舞伎や落語を見ていたのを知ったときは、ものすごいカルチャーショックを覚えましたよ。地方の人間がラジオやテレビでしか得られないものに、若いころから日常的に触れていたのかと。逆に、東京生まれ東京育ちなのに寄席に行ったことがないと聞くと、こんなに面白いものが身近にあるのに馬鹿じゃないのと思ったりして。

わたしの場合、東京についての知識はほとんど落語から得ました。いまだに東京の地理は不案内ですが、落語に出てくる地名だけはわかります。頭のなかの地図では佃島も王子も東京ですが、落語に登場しない水道橋や中野は東京じゃないんですよ。

たとえば『黄金餅』という噺。和尚が小判と餅をいっしょに飲み込んで息絶えるのをこっそり見た長屋の住人が、その死体を焼いて腹から小判を取り出すために火葬場に向かう。このとき、長屋のある下谷から火葬場のある麻布十番までの地名を次から次へと羅列するのですが、それを聞いてかたっぱしから地名を覚えていきました。落語には吉原という地名もよく出てきますが、吉原がどんなところか知ったのは高校生のころ。さらに大人になると「大門はどのへんにあったのかな」なんて一人でぶらっと歩いて、落語で聞き覚えた地名に出くわすと「ここだったのか」と納得したりする楽しみも覚えました。

それから、落語では女房を質において初鰹を食ったりしますね。青森では鰹をあまり食べないし、わたしも口にしたことがなかったんです。江戸っ子がそうまでして食べたい初鰹ってどんなものだろうと、浅草でわたしでも入れそうな店を探して食べてみましたよ。河豚を初めて食べたのもそんな興味からだったなあ。

落語に接することで誰に教えられることなくものごとを覚え、断片的な知識がだんだん立体的になる。子どものころはただ聞いて楽しむだけだったのに、落語を通していろんなことが一つひとつ見えてくる喜び。これは東京生まれの人には体験できないことでしょう。

とはいえ、なかなかわからないもどかしさ、悔しさもあります。なにせ、熊さん、八っつぁんの暮らす長屋の感覚が理解できない。津軽にはそんな形態の住まいはありませんからね。両国にある江戸東京博物館の棟割長屋を見て、長屋というものがとてつもなく小さいと知って驚いたのは、ずっと後のことです。身体感覚のズレはそう簡単には埋まらないですね。

笑われる方言で笑わせる

ところで、落語に出てくる田舎者の権助っているでしょう。権助が話しているのはどこの方言だと思いますか？

子どものころからとても気になっていて、実際、知り合いの噺家さん何人かに「どこの言葉ですか」と尋ねてみました。しかしみなさん、「東北ではない」とか「北関東のどこか」とか、はっきりしたことを言いません。なぜなら、東北弁らしき言葉を喋る権助は馬鹿で間抜けな男ですから、そいつの言葉がどこの方言かをはっきり示したら、その土地の人に失礼にあたることをわかっているからでしょう。

外国映画の吹き替えだってそうです。馬鹿で間抜けな登場人物は皆、東北弁。いまだにムッときます。しかもその東北弁を話す人物は黒人だったりする。アニメでも主役は東京弁で、金持ちのおばさんは大阪弁。きっぷのいいおじさんが九州弁で、馬鹿で間抜けは東北弁です。つまり、こんな言葉の棲み分けが日本人一般にもっともわかりやすいんですよ。だから江戸弁に憧れる、落語が面白くなるという、津軽人には複雑な図式です。

でもこの図式、じつはいまのわたしの仕事につながっています。東北弁を喋る者が馬鹿で間抜けということは、訛ると笑われるってこと。じゃあ笑われる言葉で笑い話をしたら二倍笑ってもらえるに違いない。津軽弁のトークや方言詩をはじめたのは、そう思ったのがきっかけです。内側に籠もるだけが詩じゃない、訛って笑いにもっていける詩を書いたら楽しいぞと。

根底にあるのはやはり方言に対するコンプレックスです。落語を聞き始めた小学生のころから、なぜ流暢な江戸弁が喋れないんだろう、なぜ鼻濁音の多いモタモタした津軽弁しか話せないんだろうって思っていました。ちょっと色気づいて映画を見にいくようになると、男女のいい場面で「これが津軽弁だったら彼女にふられるべ。津軽弁でプロポーズなんて格好悪くてできねえな」と思ったりもしました。コンプレックスを克服するには、自分の思考を修正するしかない。「標準語を話せない」と言ったらコンプレックスの表れだけど、「標準語を話さない」と言えば自意識の高さの表れです。つまり、「標準語は嫌いだから話さない。津軽弁が好きだから話す」なら積極的なエネルギーになる。

こうしてあえて津軽弁を表に出す方向へと転換できたのは、高校を卒業した昭和四十年(一九六五年)ころからです。寺山修司さんや高橋竹山さんといった津軽出身の芸術家が全国的に活躍しはじめて、津軽弁を堂々と喋る淡谷のり子さんや棟方志功さんがテレビに出るようになった時代でもありました。

とはいえ、江戸弁の落語の「笑い」が好きなのに変わりはありません。ですが、自分の体になじんだ言葉=方言だからこそ笑えることもあるし、方言によってその方言を知らない人を笑い倒すこともできるのです。たとえば東京の人が地方に行ったとき、昼間は標準語で喋ってくれた土地の人が、夜になって酒が入ったら急に方言になって話している内容がわからなくて困った、という体験はありませんか？　そんなときは、よそ者に聞かせたくない話や悪口を喋っているんですよ(笑)。

これはモッケの精神ですね。モッケというのは津軽弁でお調子者とか愉快とかいう意味ですが、わたしは「愛すべき馬鹿」と翻訳しています。津軽では相手に「馬鹿」というと失礼になるけれど、「あなたはモッケですよね」って言うと喜ばれるんですよ。

類義語に「ハンカクサイ」というのがありますが、こちらはストレートな「馬鹿野郎」。昔、淡谷のり子さんから聞いた話ですが、東京である人と話をしていて、この人は馬鹿だと思ったから、「あなたってハンカクサイのね」とニコニコしながら言ったら、「そうでもございません」って澄ました返事が返ってきたそうです。淡谷さんもこうして都合がいいときはわざと津軽弁を使って楽しんでいましたよ。

八代目桂文楽は青森生まれ

これまで地理的状況や方言の問題からか、あまりめだたなかった東北出身の噺家も、少しずつではありますが増えてきている気がします。

東北全体ではどうなのかを調べたことはありませんが、青森県出身の落語家に限って言えば、むつ市出身の柳家蝠丸さんはじめ、弘前市生まれの柳家小三太さん、そして桂歌若さん、青森市生まれの三遊亭神楽さん、下北生まれの大楽さんなど、知っているだけで六、七人はいます。

「方言がある」「訛っている」ということが昔ほど大きなハードルにならなくなっているのでしょうか。

平成十八年(二〇〇六年)、わたしのトークライブのこの年のテーマが「あばらか別件」で、東京ではメルパルクホールでやりました。八代目桂文楽さんが、じつは青森県生まれだったという逸話が素材です。両親は東京出身ですが、お父さんが税務署長として青森の五所川原に赴任している間に文楽さんが生まれ、三歳までそこで過ごしているのです。

これ、現役の噺家さんもあまりご存じない。それもそのはず、文楽さんは出生地を隠していたフシがある。江戸落語の噺家は江戸っ子じゃないと、みたいな見栄でしょうかね。昭和三十二年(一九五七年)に出た正岡容(いるる)による聞き書き『芸談　あばらかべっそん』(青蛙房)の冒頭にはちゃんと「わたしは、明治二十五年十一月三日、そのころの天長節に、父の転任先の青森で生まれ」と書いてあるのですが、その後、文楽さんは立川談志さんのインタビューで「師匠は東京ですね」と尋ねられると、「ええ、そうでがす」って答えています。文楽さんは枕が短いことでも有名でしたが、フリートークでは津軽訛りがばれるからじゃないかとわたしは結論づけました。

津軽弁の「時そば」に挑戦

地方出身者であることを隠さず言うようになったのは、落語界の人間ではまず、新潟県チャーザー村出身とやらを言い続けていた林家こん平さん。そしていまでは富山出身の立川志の輔さんあたりではないでしょうか。個人事務所の名前も「オフィスほたるいか」(二〇〇八年当時)ですからね。故郷・富山の落語会では、全編を富山弁で演じることもあるそうです。

わたしも、津軽弁の落語にチャレンジした経験があります。方言詩の朗読CDなどを出す際、いつも何かしらの予約特典を付けているのですが、『元祖笑える津軽弁方言詩』では、落語を津軽弁で演じたCDを付けようと思い立ちました。悩んだ末に選んだのが江戸落語の「時そば」。お金を数えながら「ひぃ、ふぅ、みぃ、よぉ、いつ、むぅ、なな、やぁ、いまなん時だい?」ってやる、あれです。

津軽弁だと「ひとつふたつみっつよっつ」ときて「いまなんぼだっきゃあ」って具合になる。津軽弁を知らないひとでも「時そば」だとわかるから面白いだろうと思ったのです。ところが、いざ作ってみるとあまりいい出来じゃなかった。いつものように津軽弁を喋っているつもりでも、頭の中の江戸弁が邪魔してうまくいかない。どうしたって津軽弁に翻訳したものを「読んでいる」みたいにしか聞こえないんですよ。

方言で落語を、というのは、志の輔さんのように稽古を積んだプロの噺家だからこそできる技。わたしみたいに面白半分で方言の落語をやったって面白くないんです。落語はそんな薄っぺらなもんじゃないとわかっていたつもりなのに、やってみたわたしが馬鹿でしたね。
じつは平成十九年(二〇〇七年)に定年退職する直前、志の輔さんに「弟子にしてください」って頼んだんですよ。すると「じぶんよりずっと年下の、大学出の若い奴を「兄(あに)さん」って呼べますか」と言われて、こりゃ無理だとあきらめました。だけど津軽弁の落語、まだ未練があるんですよね。

(『望星』二〇〇八年三月号、土方正志構成、東海教育研究所)

2　あれは忘れもしない

いかがでしたか？　そうか、わたしはこんなことをしゃべったかと、自分でもなかなか新鮮な思い。そうなんです、わたしの人生、落語があったからこそ面白く、憧れも違和感もあったわけでして、それを考えるのがまた面白く。

では次に、「そうだ、こんな場面があったぞ」という話をふたつ。「四十年目の師走」、「調子がわりの十三歳の出会い」。ともにごく短いけれど、わたしにとっては、若き日のとても大事な経験。落語と漫芸の精髄に触れたことがどれほど大きかったか。こんなことを書いたんだっけ、とふたたび新鮮な思い。

ちなみに前者はほぼ十年前で、長年勤めた青森放送で定年を迎える直前でした。だからこその感慨でもあったか。そうそう、このなかに「四十年も前だ！」という一句があるけれども、いまからみれば十年ばかり足さなければならない。おお、半世紀前だ！

四十年目の師走

東京で暮らしたことがない。

何日、あるいは何カ月、その地に居ると「暮らした」と言えるのかは知らないが、とりあえず東京で暮らしたことはない。

青森あたり。どう見ても生粋の田舎もんだなと踏んで話がはずんでいたのに、何かのはずみで「大学の四年間は東京でしたから」などと言われると、とたんにめげてしまう。生まれも育ちも青森で、高校も大学も就職も地元で済ませてしまった身としては、たとえ身分は学生だったにしろ、四年間も東京に寝泊まりをした経験を持つとは、おぬしもやるのぉ、なのだ。

遠くて永い記憶の中で……一週間、東京に居続けたのはアノ時だけである。昭和四十一年三月(四十年も前だ!)。東京の大学入試に失敗し地元の短大に進むことになった時、すでに未来を予見していたのだろう、「いまを逃すともう二度と東京へは行けないのだから」――そして東京、一週間。ひたすら寄席めぐり。回れるだけ回ってやろうじゃないか。入れるだけ入って、見られるだけ、聞けるだけ。

とはいえ何しろ東京不案内。かろうじて知っているのは山手線の駅名(痴楽さんのおかげです）と、ラジオで耳にしていた落語に出てくる地名だけがたより。

上野に着いたら鈴本演芸場が。池袋には池袋演芸場が。新宿には末広亭とやらがあるはずだが……新宿末広亭と人形町末広亭とは同じなのか違うのか。浅草にも演芸場があったはずだが山手線に「浅草」はないぞ。

浅草の近くには吉原があるらしいが大門とやらはくぐれるものか。目黒はサンマで、品川は心中で、王子とやらはキツネがいても東京らしい。

つまりは、東京の知識はラジオで得た落語からの固有名詞がすべてなのだ。加えて、昭和三十五年、発行と同時に親父から買ってもらった『落語名作全集』第一期①～⑤（普通社刊）定価各二百七十円。翌年からの第二期①～⑤は各三百七十円。全十巻。

ラジオとこの本。それも小学生から中学生にかけての頃である。そして昭和四十一年の東京寄席めぐりの一週間。十八歳の少年にとっては海外旅行にも匹敵する落・語学留学だった。おかげで「昭和の名人」と謳われる師匠連の高座はいちおう、生で接しているはずだが、いちいち細かいところまで覚えていないのが残念でたまらない。

あの頃、本物のチョンマゲを結っていた噺家もいたし、あの一週間で「気の長短」はアチコチで四回も聞いた記憶がある。

あれはあの時だったか、あの後だったか。鈴本だったか末広だったか。出囃子が鳴って幕が降り、幕が上がったら高座に古今亭志ん生師が座っていた。それを見た隣のアベック(当時はそう呼んでいた)の男が「おい、爺サンだ。帰ろう」と二人で席を立った。おいおい、オレはこの爺サンに会いたくて青森から出て来たのだョ……

池袋演芸場昼席。先客は二人だけ。それも客席の中ほどの右側に一人、左側に一人。仕方なくわたしは真ん中の後の方に座った。高座では歌謡漫談「シャンバロー」。あっちが三人、こっちも三人。終わって落語。熊サン、八ッつぁんとやっているうちは良いが、地の語りは全部わたし一人に言われているようで妙に嬉しく。

あの落・語学留学から四十年。寄席や落語が単独の目的で上京したことはあったろうか。いつも、ついでなのだ。仕事(会社)を早めに終わらせて午後の半日、夜の二時間。帰りの電車(青森行きです)は何時だから何時までは大丈夫。

浅草演芸ホール。上野鈴本演芸場。何度、表の出演者の看板だけを見て帰ったことか。新宿末広亭は一発で行ける自信がない。池袋も数十年ぶりで探した、探した。いずれも青森から不便、青森へは不便……

しかし、浅草にしろ上野にしろ、誰が出演しているから出かけるのではなくて、出かけた時に誰が出演しているのか、なのだ。

この種の芸はレコードやCDでは駄目なのだよ、と言われてもなぁ。テレビにはテレビ局が選んだ人しか出てこないし。田舎で暮らすサラリーマンは正しい寄席ファンにはなれない哀しさ。たまに寄る時、ありったけのチラシを持ち帰る。独演会やら勉強会やら。ただ持ち帰るだけだが。

師走、年の瀬、なぜまた四十年来の愚痴をとお思いの方もおありだろうが、じつは何を隠そう、年が明けたら定年なのだ。団塊のカタマリのハシリなのだ。

近頃、トウキョウのメディアとやら。ことある度に「田舎暮らし」がトレンディ。定年を機に「田舎暮らし」が楽しい老後。団塊・定年、だから今こそ都会暮らし東京の楽しさを勧めるメディアはないのだろうか。

定年後、自転車で下谷山崎町から上野の山下、三枚橋から上野広小路、御成街道から五軒町、神田須田町から…麻布絶口釜無村の木蓮寺まで行ってみたいのだが。

(『うえの』二〇〇六年十二月号)

調子がわりの十三歳の出会い

たとえば海外旅行ひとつ。

なんの波風もなく、すべて予定通り、順調そのもので楽しく帰ってきた海外旅行の思い出は、一カ月もすれば忘れてしまう。まあ、すべてを忘れてしまうことはないだろうけれども、たいした記憶は残らない。ホテルのロビーの造りや部屋の壁の色など丸で覚えていない。そんなものだ。

ところがこれに、ひとたび災難がましいことが起きれば、その旅行の思い出は終生忘れることはない。たとえばホテルのロビーに到着してすぐにトランクごと財布も現金もすべて盗まれ、現地のお巡りさんがやってきたけれどさっぱりラチがあかなかったとか、部屋の金庫に入れて鍵まで掛けておいたのにパスポートが盗まれたとか、英語は全然わからないのにミニスカートをはいている女性の英語がわかったような気がしてついていったら身ぐるみはがされて追い出されたとか、まぁ、ことは何でもよい。楽しいことが楽しいままに過ぎれば、何のひっかかりもないまま過ぎてしまうものなのだ。

あれは、忘れもしない。

あれは忘れもしない、とは、前後に何か楽しいことがあったかもしれないが、記憶の中心は災いであることが多い。

一九六〇年(昭和三十五年)、わたしが中学一年の時だ。その当時、青森県弘前市あたりにはまだ、今でいう市民会館とか文化会館とか称するそれなりのホールがなく、大勢の人を集めての催し物は大抵映画館が使われた。記憶のなかで五、六軒は数えられるからには、それ以上にあったかもしれない、映画館。

この年の十二月、駅前にあった大きな映画館で『民謡座長大会』のような民謡の唄会があった。誰に連れられて行ったのか誰と行ったのか、丸で記憶にない。どんな歌手がどんな唄を歌ったのかも丸で覚えていない。たった一人の演者を除いて。

あとで思ってみるに、あれは「津軽じょんから節」にのせての〈漫芸〉であったに違いない。唄と唄の合間にじつに楽しいおしゃべりが入り、ハナシのオチで太鼓と三味線がストンと入り込んでくる。もう五十年は過ぎているので一字一句違わずに思い出すわけにはゆかぬが、いまでもときどき思い出す……

「なたたてこの不景気だだもの、　(何がどうしたといってこの不景気だもの)
なぼかへでもかへでもママかえねてが。　(いくら稼いでもメシが食えないというのか)
へば北海道サ行がなが。　(ならば北海道に行けよ)

北海道では寝ででも食わえるんだどや」　（北海道では寝ていても食えるらしいぞ）
「ほとねな?」　（本当か?）
「ん。山サ寝でれば熊にかて食わえる」　（そうだ。山で寝ていると熊に食われる）

ここでドッと笑いが起きて、良い間で太鼓と三味線が入る。「食う」と「食われてしまう」は標準語ではあきらかに違う言い方になるが、津軽弁特有の言い回しによって相手に誤解を与えるように仕向ける見事さ。

まだ十三歳。中学一年生の身でこの可笑しさを瞬時に理解し、周囲の大人たちと一緒に笑っていた自分がたしかにいた。

良い間で太鼓と三味線が入る。いわゆる良い声、他の追従を許さぬ甲高い調子の声ではない。しかし節回しは子ども心にも上手いと思わせる唄いっぷり。ひと節唄い終わって間をあけずにしゃべりはじめる。


パンツ穿(は)いでね若(わ)げ男ぁ村の中ぶらからてあさいてらて巡査きたぁ。

（パンツも穿かずに若い男が村の中をぶらぶら歩いていたとの報せで巡査がやってきた）

なめこなんてす、としなんぼ、えどごだがさ、ヨメコいるだが、ワラシもいるだが?

（名前は？　年齢は？　家はどこだ？　嫁はいるのか？　子どももいるのか？）

おろう、トシぁ二十五でかがもらて三年、わらし六人だてが？

（なんとまあ、歳は二十五で、結婚して三年、子どもは六人とな？）

へばだばパンツ穿く暇無べ

（それならパンツを穿く暇など無いだろうね）

ここでドッと笑いが起きて……

まだ十三歳。中学一年生の身でこの可笑しさを瞬時に理解し、周囲の大人たちと笑っていた自分がいたかどうかまでは記憶がない。つまり、聞いた話は間違いなく記憶しているのに、話が終わった瞬間から後のことは何も覚えていない。正しい思い出だ。

演者、つまりその時の歌手の名は「原田栄次郎」。その日その時、すぐにもこの名を覚えたのか、後日に記憶したのかは覚えていないが、いまも記憶の底に鮮明に残っている。

少年は十三歳にして、生まれて初めてこの種の芸に出会った。ザルの縁を人参で叩きながら調子をとり〈いたこおろし〉で客を笑わせる（この様子はよく覚えているのだが、どんなホトケサマだったかまでは覚えていないとは、残念この上もない）。

お客様に笑っていただく民謡がある。これらの演目、芸をして〈津軽の漫芸〉と称されているとは、それからしばらくして知ることになるのだが、十三歳の少年の内で、弘前公園の観桜会で見かけていた民謡の流しのような唄とはまったく違う津軽民謡との出会いとなったこの年、原田栄次郎師は五十三歳。

この年あたりを相前後して原田師は東京へ出たらしい。話はいきなり飛ぶが、次に二人が舞台と客席で会うのは三十四年後。少年は四十七歳。原田師は八十七歳になっていた。東京の舞台。楽屋まで訪ね、一方的な再会の感動。その時からして十七年が過ぎた。その後のことはよく分からない。たった二度しか会っていないのに、師の物腰と口調と節回しを今も覚えているのは出会いの強烈さだろうか。

あの映画館の寒さが元で風邪・高熱・骨髄炎に。すでにそのとき胃癌で入院していた母が死に、同じ病院に息子が……

唄会に続くこの災いが無くても、忘れることはないはずだが、十三歳の冬。

（『みんよう春秋』連載「都合のよい思い出」より二〇一一年九月号）

3　よくできた落語だなあ

そして最後にいまひとつ。

これは書き下ろしで未発表(執筆したのは二〇一三年一月十三日)。落語の三題噺ではないが、この第二講は、1 インタビュー、2 発表済の書き下ろし、3 未発表書き下ろしと、性格の違う文章を三つ並べて、わたしの落語への思いと洒落てみる。

じつはこの文章、第三講でとりあげるわたしの連載エッセイ「言葉の贅肉」の序文のつもりで書いた(その連載についてはあとで詳しく)。

文章のタイトルがこうなっているのはそれゆえ。

文章がこってりしていて、ひねってあるのも、その連載の性格ゆえ。

文章の結びがそのまま次講の展開につながるようになっているのもそれゆえ。

これまで書いたことと重なる話があるのは…それゆえではない。

「言葉の贅肉」についてのまた余計な贅肉

はじめてこの落語を耳にしたのは、わたしがまだ小学生か中学生の頃だったと記憶しているから、もう五十年ほど前になろうか。

当時はまだ、わが家にテレビはなかった。数少ない娯楽といえばラジオ。毎朝、新聞のラジオ欄に目を通しては寄席番組に赤鉛筆で印をつけ、欠かさず聞くように心がけていた。何しろ落語や漫才、ボーイズと呼ばれた歌謡漫談などが大好きな少年であった。

たぶんそのおかげであったと思う。本州最北端、青森県弘前市に生まれ育ち、正しくは育ちかけとでも呼べばいいのか、小学生から中学生にかけて家族もご町内も学校の教室のなかにいてさえも、すべて日常語は津軽弁とか称されるきわめて難解とされる方言。もっとも難解な部類に属する方言とわかったのはずっと後になってから。当時はそれが生活語。この言葉が日本語なのだと認識していたかどうかも怪しい。言葉はこれしかなかったのであるから引っかかりようもない。

そんな引っかかりようもない方言のなかで何の引っかかりもなく方言で暮らしていて、唯一、この言葉はオランドとは違うなと思わせてくれたのがラジオから流れてくる言葉だった。おかげさまであったと思うのは、このことだ。どこがどう違うのか、いまのいまでも正しい違いなど他人様に心ゆくまで説明ができるとは思えない。まして五十年以上前のことだ。何はどうあれ、ラジオから聞こえてくる言葉はオランドとは違うのだ。だからといって、ラジオであれば良いというわけでもなかった。『尋ね人の時間』とやらは面白くなかった。いまでも覚えているのは「……旧コクリュウコウシュウにお住まいで」みたいな、漢字が頭に浮かばない地名らしきものばかり。「コッコウコトブキ、タカネ三百六十二円、ヤスネ……」株式市況とやらも、コッコウコトブキと安値と高値がどうしたのかわからなかったので、聞いていて楽しくはなかった。なぜだか、台風のときのミリバールとかキンカザンオキという響きは好きだったけど。そんなラジオだったからこそか。子どもでも十分に楽しめたのが寄席番組。おかげさまで、いわゆる江戸弁は落語で、関西弁と呼ばれるものは漫才で耳馴染んでいった。

また少し横道にそれるが、東京のことは落語でしか聞いたことがないので、落語に出てくる地名は東京だが、落語に出てこない地名はわたしの内で東京ではない。だから、東京といえば品川であり吉原であり芝の浜でありサンマがうまい目黒であり狐がいる王子であり、下谷山崎町から上野の山下、三枚橋から上野広小路、御成街道から五軒町、神田須田町から麻布絶口釜無村の木蓮寺(どのあたりにあるのかまったくわからないが)、この麻布絶口釜無村あたりまでが「東京」なのだ。かろうじて吃音症の駅員さんのおかげ、新大久保駅も東京らしいと知ったが、ついに落語に登場した記憶がない中野や東中野、霞が関、国会議事堂前などは、わたしの内でまだ「東京」ではない。

ラジオから聞こえてくる、もうひとつのオランドとは違う言葉。それが「大阪弁の漫才」と理解していただろう関西弁。人によって、大阪、京都、奈良の方言は微妙に、イヤ全然別個のものであるとまで言い切ったりするが、東北人のひとりとして、あれは「関西弁」以外の何ものでもない。東北の方言を何もかもひとつにして東北弁、ズウズウ弁と括られていることに対するはらいせの意も込めて、あえてあの種の言いまわしはすべて「関西弁」なのだと断定しておく。

その関西弁の漫才以外にラジオから聞こえてきた関西弁の記憶といえば、たぶんNHK大阪局あたりの制作であったのであろう、公開ドラマふうに笑い声なども入った『お父さんはお人好し』。アチャコさんはじめ登場人物は全員が関西弁であったような。あの五十年前後むかしの良きトラウマからであろう、「関西弁はお笑い専用の言語であり、政治経済も含めて難しい話や真面目な話は関西弁で話すものではない、話してはいけないものなのだ」といまも頑なに信じている。だからときおり、まじめな話題を関西弁で話しているのを聞くと、笑ってしまうクセがある。どんなに重く暗く真摯な問題も軽く笑って聞き流す。それでも許されるのが関西弁であるとも思っている。

それが証拠でもあるように、数年前か数十年前か、NHK大阪がラジオで二十四時間だか四十八時間だか、すべての番組を大阪弁(関西弁)で放送をするとして、放送したことがあった。そのすべての時間帯を聞いたわけではないが、ニュースの時間だけはいわゆる標準語、共通語であった。このことひとつをして、NHKもちゃんと、大阪弁(関西弁)でのニュースは信憑性に欠く、ニュースとしての品格を失う、すべての事実が冗談だと思われてしまう危険性を察知しているのだな、と確信した。

はじめてこの落語を耳にしたのは、わたしがまだ小学生か中学生の頃だったと記憶している――から始まって、なかなかその落語に話が及ばないのは何故か。何しろ五十年も前に話は戻る。そしていまにつながるために、この五十年のあいだに「この落語」が私に与えた経緯を、まるで経緯どおりに紆余と曲折が入り乱れ、言葉だけでは済まない遊びに呼び止められるからなのだ。

何かを伝えようとする。伝えている最中に自分でも思っていなかった単語や言い回しが出てくる。それをそのまま放っておけないタチで、それを少しずつ片付けながら前に進む。新しいコトバに出会すたびに曲がる。

これをわたしは勝手に「言葉のアミダクジ」と呼んでいる。どんなに曲がっても、必ず最後は大当たりに辿り着くと思っているからこそ、曲がる。もっと下世話な例で言うと、次から次と訪れる新しい出会いに見向きもせずに直進し、ふと気がついたら身動きできない独り者——とはなりたくないじゃないか、だ。

はじめてこの落語を耳にしたのは、わたしがまだ小学生か中学生の頃——物語の全体はなんとなく覚えている。何しろ、言葉というものはこんなふうに考えて、選んで使っていくものなのか、と思わせてくれた物語、落語だったのだから忘れようがない。子ども心にもその感動はあった。子どもだからこその感動だったのかもしれないが。

如何せん。物語の核となる「歌」を正しく覚えていない。元となる五七五七七と、それがこんなやりとりがあって、こんな五七五七七となる。なるほど！　となるのだが、前も後も覚えていないのでは話にならない。そんなことを思い出しては忘れ、忘れては思い出しての五十年余——

記憶のなかにあった単語としては「西行」、本名は佐藤義清、北面の武士。のちに学校で暗記させられたのが「心なき身にもあはれは知られけり鳴立つ沢の秋の夕暮れ」。「知られけり」だっか、「覚えけり」だったか。そしてもうひとつのキーワードが「たんぽぽ」。

西行とたんぽぽ、歌修業…と記憶にありながら、つい最近まで、この落語のタイトルである『鼓ケ滝』を思い出せなかった。それにしてもこの『鼓ケ滝』なる落語。古典落語といわれるなかで、あまり正しい位置におかれていないのではなかろうか。いまとなっては昔と違って、驚くほどの落語本が出版されているが、「落語百席」とか「落語百選」「落語特選」など、どれにも見つけることができなかった『鼓ケ滝』(本屋の立ち読みごときではあたりまえだろうが)。その『鼓ケ滝』が数年前、突然、まるで滝から流れ落ちるように私の前に姿を現わした。四代目柳亭痴楽師の口演で聞き覚えのある西行は、あの素っ頓狂な声で、〽チョーを見よ、チョーを見よ…… 〽チョーならば二羽か四羽と舞うものに三羽舞うとはこれはハンなり…… 〽一羽にて千鳥と呼べる鳥もあり三羽舞うてもチョーはチョーなり…… 痴楽師も『鼓ケ滝』を演ったのかどうか。子ども心の記憶のなかに「伝え聞く鼓ケ滝に来てみれば」が聞こえているような。

粗筋ながら。

若き日の西行が歌修業の旅に出て、鼓ケ滝なる名勝地を訪ね、一首詠む。「伝え聞く鼓ケ滝に来てみれば沢辺に咲きしタンポポの花」。われながら良くできたなどと思いながら、ふと気がつくと暗くなっていて道に迷ってしまう。そのまま山道を歩き、幸いにして一軒の家を見つけ泊めてもらうことになる。その家の主であろう爺と、先ほど詠んだ歌の話になり披露を。

ところがその歌を聞いた爺は、「鼓ケ滝」なのだから「伝え聞く」よりも「音に聞く」のほうが良いのではないかと。西行はそれもそうだと納得。続いてその家の婆も一言、「鼓ケ滝」

なのだから「来てみれば」よりも「うちみれば」のほうが良いのではないかと。それも納得。そしてその家の孫娘とやらからも一言、「鼓ケ滝」なのだから「沢辺に咲きし」よりも「川(皮)辺に咲きし」はどうだと言われて、これも納得。「伝え聞く鼓ケ滝に来てみれば沢辺に咲きしタンポポの花」は三人のアドバイスがあって、たちまちに「音に聞く鼓ケ滝をうちみれば川辺に咲きしタンポポの花」となる。

落語の流れとしては、歌のすべてが胃の腑におちたところで目が醒める。夢枕に立った歌の神様が歌修業の手助けをしたに違いないと。

その時わたしは「良くできたお話だなあ」とポンと膝をうった——とはいま思いついた戯言だが——子ども心に感心感動したことに嘘はない。「鼓」を主役にしようと思ったら、それに従う言葉は伝え聞くより「音」に聞く。来てみるよりも「うち」みる。沢辺より「かわ」べ。

これより後、ここではどんな言葉を使ってやろうかなと思い悩んだとき、必ずといって良いほどにこの落語を思い出していた。単なる同音異義とは違うだろうよ、この「鼓」の締り具合たるや。

同音異義をしてすべてを駄洒落とか親父ギャグでかたづけ、「寒い」の一言でこの世から抹殺しようとは以ての外。シャレに「お」を付けて現をぬかし、「だ」をつけて蔑むとはなんたる暴挙。ふつうの親父や正しいギャグにも失礼であろうに。

ちなみにタンポポ【蒲公英】。キク科タンポポ属の多年草の総称。全世界に広く分布。日本にはカンサイタンポポ、エゾタンポポ、セイヨウタンポポ、ふつうにはカントウタンポポをいう、などの記述を見つけたらすぐ――

関西たんぽぽデンネン。蝦夷たんぽぽダベ。アイアム西洋たんぽぽ、てやんでぇ関東たんぽぽディ。などと遊びたくなる。決して悪い癖だと思っていないので、かえって始末が悪いと思われているらしい。

そしてある日、たまたま偶然見つけた言葉「つづみ・ぐさ」。「鼓草」と書くらしい。そこには「タンポポの異称」とあった。

『広辞苑』。たんぽぽ【蒲公英】の項。根はゴボウ状、葉は土際に根生葉を作り、倒披針形で縁は羽裂。春には花茎を、若葉は食用……などと懇切丁寧に説明はしているが、タンポポの異称で「鼓草」なるものがある、との記述はない。あればとっくに知っていたはずだし。

この「鼓草」なる言葉を知ったおかげで更なる後日、別の書物で「タンポポを鼓草というところから鼓の音を擬した語であろう」との表記を見つけた。見つけた瞬間、綿毛に乗って五十年前のラジオの寄席まで飛んでいきたい気分になった。

「伝え聞く鼓ケ滝に来てみれば沢辺に咲きしタンポポの花」が三人のアドバイザーによって「音に聞く鼓ケ滝をうちみれば川辺に咲きしタンポポの花」になり、唯一アドバイザーの指摘がなかった「タンポポの花」の「タンポポ」がすでに「鼓草」そのものであったなんて、いまの噺家も昔の噺家も言い及んでいないと記憶しているが、この元歌を創ったとされる西行は知っていたのであろうか。たぶん西行は知らない。こんな歌を自分で創ったとされることさえ知らない。おそらく、こんな落語があることすら知らない。誰なんだろうなあ、この落語の作者は。どこかに出典とされる「古典文学」が存在するものだろうか。別にそれを知らなくても、いまのわたしは充分に楽しいが。――誰にことわって「タンポポの花」などと表記したのだ。正しくは「タンポポのはな」、あえて平仮名表記をすることによって、「花」と「端」を照応させている「タンポポの端」なのだ。はな【端】とは物の先端部。はしの意であるが、物事の始まり、最初の意もある。「――から調子がいい」「聞いた――から忘れる」と『広辞苑』にもあるではないか。「タンポポ」が「鼓草」の異称とはハナから知っていたからの表記と所業なのだよ、と、西行ならぬ、この落語の作者がニンマリ笑っているかもしれないと思ってみるのも、これまた楽しいことだ。

えんご【縁語】。歌文中で、ある言葉との照応により表現効果を増すために使う、その言葉と意味上の縁のある言葉。例えば「白雪の降りてつもれる山里は住む人さへや思ひ消ゆらむ」の「雪」に対する「消ゆ」の類(『広辞苑』第六版)。

もう少しわかりやすく簡単にいえば、「ちょっと手の込んだ駄洒落」「同じ音の言葉をそのまま使えば、すぐに駄洒落だ地口だ親父ギャグだとバカにされるので、連想される別の言葉を借りて人知れず(とくに声高に自己主張せず)気がついた人だけ気がついてくれればよしとする陰気な言葉遊び」「晴れがましい表玄関ではなく横や裏の縁側なんぞふだんは見向きもされないところから生まれた言葉、とする解釈はおそらく間違い」「落語『鼓ケ滝』に多用されている言葉遊び」。

はじめてこの落語を耳にしたのは、わたしがまだ小学生か中学生の頃——『鼓ケ滝』、このひとつの落語を思い出したり忘れたり。そこにつきまとう日常語としての方言に端を発し、言葉で遊ぶ、言葉が遊ぶ。ときに言葉から遊ばれる楽しさ。

若いころから日記を書き続けているのも、決して自分の生きた証を記録しておこうではなくて、書きとどめる言葉や文字や記号や絵から、別の遊びを見つけたいからなのだ。くりかえすようだが、新しいコトバに出会すたびに曲がる、必ず曲がる「言葉のアミダクジ」、いままでも、これからもだ。もとより言葉に関しては何ひとつ、どれひとつ、専門分野を持っていない。言葉を学問として考えたことは一度もない。もちろん、落語も和歌も短歌も、東京を一人で歩きまわることすら知っちゃいない。とりあえず、なんの努力もせずに身についていた口語としての津軽弁をもとにして、こんな奴とも遊んでやるかと思ってやしないかと思われる言葉たちだけを相手に遊んでいる。母語としての津軽弁はほとんど利用していない。そしてときに軽く、ときにくどく、ときに誰にとってもどうでもいいことで遊んでいる。

小論文の書き方、よい作文の書き方、あなたにも書ける楽しいエッセイ、いわゆる文章読本の類。正直に言おう。一冊も満足に読んだことがない。聞くところによると、文章は単刀直入で簡潔をもって良しとするらしいではないか。余計なことは書かなくても良い、伝えたいことを最低限に要領よくまとめて。起承転結、序破急の心をもって。

わたしの書く文は、このすべてに反しているに違いない。言葉の持つ余計なもの、無くてもいい言い回し、無駄な表現、つまりは「言葉の贅肉」を撫で回し、玩ぶを至福のことと信じているのだ。そして、誰ひとり気づかなくともわたしが知っているだけで身も心も嬉しい自己流縁語と、影と陰に隠した薄っぺらな言葉遊び。同じ穴のむじなになったつもりで、悩むことを愉しんでみませんか、だ。深遠な意味合いを模索してみたが、結局は上っ面の軽さ以外の何ものも表現していなかったなんてこともあるかもしれない。贅肉が思ったよりも筋肉質だったり、予想どおりの水脹れだったり、見て触ってその贅肉ぶりをとくとお確かめあれ。他人の贅肉を嘲笑う絶好の一冊のはずだ。痩せたすっきりよりも……　大は小を兼ねるなら贅肉は痩身を……含む、と言ってみる。

第三講　言葉の贅を尽くしましょう

桜っ綺麗に咲いだはで　花見酒でも
すべど思て良い酒っ持てきてみだのさ。
したばて誰も相手っいねくてなぁ
せっかぐの花見酒ひとりっで飲でで　もなぁ
そごで…杯ば挙げで
お月さまば呼ばてみだ……
これでどんだべ
おらどお月
さまどおら
の影っこど
合わへで三人。
しただが、お月さま酒っ
飲めねし　おらの影っこもおらさ
添ばてるだげ。そえでえがべ。
とにかぐ三人春のうぢに
みっつど楽しんでおぐべしやなぁ
月下獨酌
李白
花間一壺酒
獨酌無相親
擧杯邀明月
對影成三人
月既不解飲
影徒隨我身
暫伴月將影
行樂須及春
李白サンも飲んだあと
ラーメン喰いたぐなった
もんだべがねぇ（かっぺい談）

1　ごくごく素直に、どんどん曲がって

『産経新聞』東北版連載「伊奈かっぺい　綴り方教室　言葉の贅肉」。二〇〇七年十月十日を皮切りに、スタート時は毎週掲載。今は隔週ですが、もう三百回に届こうとしています。あとで言うようにこの原稿を書くのは手間が大変なんです。それなのに足かけ九年、われながらよくやると感心。

この連載、四十年分の自分なりの言葉遊びのテクニックが全部入っている。その核は縁語と地口。地口とはつまり語呂合わせ、駄洒落ですが、縁語と地口は親戚です。前講の最後に、縁語を「ちょっと手の込んだ駄洒落」と言いましたでしょ。「意味上の縁のある言葉」を意識した語呂合わせ。縁語と地口は切っても切れない関係。

ここでひとつ補足しておきたいのは狂歌のこと。

狂歌こそ縁語を最大限駆使する文芸と思っています。狂歌。江戸時代に大田南畝なんて人がいたじゃないですか。そのころは大変に流行ったようですね。

世の中に蚊ほど煩き(うるさき)ものはなし　ぶんぶといひて夜も寝られず
白河の清きに魚のすみかねて　もとの濁りの田沼こひしき
色白く羽織は黒く裏赤く　御紋は葵　紀伊の殿様
まだ青い素人義太夫玄人がり　赤い顔して奇な声を出す

当時の人はみんな喝采したことでしょう。ここまで見事にお上をからかった痛烈な皮肉はそうあるもんじゃない。「蚊ほど」＝「かほど」、「ぶんぶ」＝「文武」なんて、縁語としてうまくはまっていますから、お上も咎めにくかったか。色ばかり並べたりしたのもうまい。「御紋は葵(青)、紀伊(黄)の殿様」なんて、さすがです。全然違う言葉なのにそれに呼び込んでしまう面白さ。
わたしも昔、こんな狂歌もどきをつくったことがあります。

駆けて森　つゆ思わざる　傍らの側打ち見てる　面と向かいて

蕎麦の縁語を「かけ」「もり」「つゆ」「ざる」「そば」「うち」「めん」、ここまで並べる。狂歌はレトリックがひとつじゃダメ、しつこくなければダメ。

でも、いま狂歌は全然はやっていない。誰もやらない。たとえば図書館に行って探してみると、川柳と俳句の本は嫌になるほどあって、短歌の本もちゃんとあるのに、狂歌の本はまず無い。かつてあったはずの江戸文化の伝統が消えています。ひとつにはやはり難しいからだと誰かが言ってました。ちゃんとした歌詠み人にしてみれば馬鹿馬鹿しいとお思いなのかも。

そうか、じゃ、それに挑戦してみるか。わたしのこの「言葉の贅肉」、最初からそこまで思ったわけじゃないけれど、結果として、文章で狂歌の精神を生かしたらどうなるか、ということにつながってますかね。だからクドイ。だから仕掛けがある。だから大変で、手間がかかる。一行書くのに二時間かかったことさえあった。ちなみに、全編わたしのイラスト入りで、新聞掲載時はタイトルもひねっていた。中身のこってりさに加えて、タイトルまで。それではお疲れだろうから、今回、タイトルはところどころ、多少あっさりめに。イラストも紙幅の都合もあるので、適宜ということで。

さて、わたしにとって記念すべき連載第一回。

息巻くゴマメがいとおしい

「ゴマメの歯ぎしり」――。力のない者が、いたずらにいきりたつこと。いきりたつ。熱り立つと書くそうだ。熱り立つ。激しく怒って興奮する。いきまく。息巻くとは吐く息が荒くなるほど激しく怒ること。激しく言い立てる。まくしたてる。勢力をふるう。相手の無礼や理不尽に対して興奮する。

いきり立って、いきなり手を上げる。ただではおかぬと息巻いてまくしたてる。腹立たしい。しゃくだ。いまいましい。悔しい。おのれ。覚えてやがれ。忘れてたまるか。

死ぬまで忘れない、と、死んでも忘れないとでは、どちらの怨み方がより強く相手に響くだろうか。これからは皆様のご意見を良く聞き、より怨み方が強い表現を使っていきたいものだ。「死ぬまで忘れないからな」「死んでも忘れないからな」――いただいたご意見は死ぬまで忘れない……あははは。意識的にどうどうめぐり。どうか怨まないでいただきたい。忘れていただきたい。

「ゴマメの歯ぎしり」――たったこれだけの言葉にすっかりはまり込み、熱り立ち、息巻いてしまった。お許しを。

しかし今、たったこれだけの言葉と軽く受け流したようなふりをしたが、実はこの言葉、ずっと長らく自分に重ねて来たし、今もしっかりと重ねている。

歯ぎしり(歯軋り)睡眠中うんぬん、字義通りの意味はさておき、歯ぎしり。怒り、くやしがって歯を強くかみ、すり合わせて音を立てること。

一国の首相や大臣が怒り、くやしがって、それなりの態度を示せば、それなりに何かが動くのであろうが、今日の話題の歯ぎしりは「ゴマメ」である。「ゴマメ」とは、なんぞや。冒頭、ゴマメの歯ぎしりとは力のないものがいたずらに……と。ゴマメとは、力のない者のたとえらしい。

ゴマメ。小さな胡麻ツブの更に小さなその目、あるいは芽。胡麻目、いかにも力がなさそうではある。目が歯ぎしりをするというのもなかなか面白くはあるが。

ゴマメ。鱓と書くらしい。字面からして、魚のようだ。同じ魚偏で似たような字に「鰐」がある。ワニ——鰐の歯ぎしりには巻き込まれたくない。いかにも力がありそうで。

鱓、ゴマメ。辞書には「小型のカタクチイワシの乾製品」とある。カタクチイワシでさえないのだ。小型の、つまり幼魚を乾燥させた干物をゴマメと呼ぶのだ。ゴマメにしてみれば、呼ばれているのだ、胡麻ツブ奴(め)、と。

この鱓とやら、小さいながらもどこぞを泳ぎまわり歯も歯茎もあって歯ぎしりをしているものと長らく思いこんでいたが、息さえしていない乾物と知り、乾物になってでも世の中の不義不正や自分の運命に対して悲しみ憤って――。しかも何の足しにもならない。

ああ、鱓や鱓。なんたるいとおしさ。

話題と値段で人気の大間のマグロよりも、一年中出ずっぱりのサンマよりも、サザエの弟のカツオよりも、身を切ってのアジの開き直りよりも、歯ぎしりをするゴマメがいとおしい。まだ片口にもなっていないからこその無駄口、辛口、攻め口、序の口、裏口、軽口、逃げ口作って油口。

禍(わざわい)の元になろうぞ、ゴマメの歯。

（原題「石亀も地団駄」二〇〇七年十月十日）

＊＊＊

今読むと、なるほどこういうことを書いたのであったと納得。要は、ゴマメの歯ぎしりの如き思いをこれから書きます、という連載開始のご挨拶。とはいえ、九歳若かったからだけだとも思えぬ気迫と決意。九年前のこととて、何か深く思うところがあったかなかったかは忘れたが、どこか熱もたしかに感じられる、第一回。

続く連載第二回のテーマは、ずばり地口。背景にした時事ネタは大相撲横綱(当時)、朝青龍の「サッカー事件」(二〇〇七年七月)。当時はずいぶん話題になったんですけどねえ。猫も杓子も知っていた。あれ？　なんで猫と杓子なの？　いろいろ説があるんだってね。禰子(神主)と釈子(僧侶)、つまり偉い人たちも知っていたということなのだとか、女子と弱子で女子どもを言うとか、猫もしゃもじ(=主婦)もありふれているからだとか、いやいやいろんな人がいろんなことを言うもんです。わたしならば…いや話題はそっちじゃない。言葉のアミダクジはひとまずおいて。

この朝青龍さんの話、みなさん、覚えてます？　骨折などを理由に巡業に出ないで休養中だったはずが、じつはモンゴルでサッカーをして遊んでいた、それがばれて……という話が下敷きにある。でもいまとなっては朝青龍すら知らない人がいてもおかしくない。

時事ネタには賞味期限があるという典型かも。でも、だからかえって面白いだろうと強弁して。最後のところ、今ではいっそう味わい？　深い。

わたし地口の味方です

わたし地口の味方です。

わたし時事ネタも好きです。

時事ネタはわかりますが、地口ってなんですか、と訊かれることが多い。

地口。じぐち。地口とは口合(くちあい)、語呂合(ごろあわせ)とある。さらに詳しく『広辞苑』を書きうつすと――同音または声音の似通った別の語をあてて、ちがった意味を表す洒落(しゃれ)とある。

そして、うれしいことに。ぶ厚い辞書には理解の補助となる「例えば」なる例文がある。『広辞苑』地口の例文。例えば「着た切り雀」(舌切り雀)「年の若いのに白髪が見える」(沖の暗いのに白帆が見える)の類――とある。笑っちゃうではないか。イヤ。その地口の面白さではなくて、例えの古さに、である。

「舌切り雀」のお話を出だしから結論…。めでたしめでたしであったのかどうか、きちんと語れますかね。

「年の若いのに白髪が見える」、年は若いのにもう白髪が見えるのは何故だろうとは、あえて口にするに値するフレーズだと認めるが、いかんせん「沖の暗いのに白帆が見える」がわからない。わたしくらいの年代だとかろうじて紀伊国屋文左衛門の何かだったよなぁ、とは思い至るが、材木屋とみかん船と書店とのつながりを説明できない(笑)。

ことのついでに『新明解国語辞典』(第五版) 地口。成句の一部分だけや単語の「もじり」ではなく、成句を構成する全要素を、発音の似た単語で置き換える言語遊技。江戸時代に流行したが「言ふまいと思へど今日の暑さかな」の前半を英語で「you might think」などとするのも一例——ひとくせ、ふたくせあると聞いてはいたが、新明解サン、ここまでやるとは。宮城たもんだョありがた山形、岩手でおけば。この風どこ福島。秋の田んぼでまた青森じゃないか、だ。

さてと——。聞き慣れない単語やフレーズが一気に市民権を得る一番の得策は、テレビや新聞で一気に繰り返し使用されることである。

誰も知らなかったコトバが一夜明けたら流行語大賞候補に。それが婆(ばば)も知っている「時事」用語なのだ。

食事もノドを通りませんから。朝少量。

帰り低てぇ障害。裏んバトル。謹慎壮観。

最高位、行事は「立」。相撲取は「横」。あちこちご機嫌斜めの妙。どうにも扱いに困った相撲協会は高砂親方にすべて一任。丸投げ状態。相撲の極り手、四十八手の裏表技に「丸投げ」

というのもあったとは。

〽高砂や、このウラ話にネをあげて(笑)

主役を取り巻くコトバたちに、ひとつひとつ丹念に光を当ててやる。あくまでも「ひとつひとつ」にだ。思いつきを「ひとつ」だけ発するから「親父(おやじ)ギャグ」などと女子どもから「親父馬鹿」呼ばわりされるのだよ。

地口と時事との談合。残念ながらこの加工食品、賞味期限が極めて短い。どんな合成添加物も保存料も効かないからこそ思いきり開き直って「日本昔ばなし」「沖の暗いのに」「言ふまいと」旧かな遣ひまで動員して。

だから骨折は親方のビール瓶を取りあげて温泉治療で死亡させ、安倍変わった餅は黄粉ときな臭さにアソばれて大福田餅に――って、これももう古いのかよ。

(原題「セレブな親父ギャグ」二〇〇七年十月十七日)

2　地口と縁語のオンパレード

第三講の開始早々、このこってり感。お疲れでしょうか？　いろいろと仕掛けをしてますから、書くほうも大変だけど、読むほうもくたびれるに違いない。しかも思わぬところに縁語を隠している。そういえば、弁当の話を書いたときに、「まさかそんなことあるまいと思うが」と入れたことがある。アルマイト。昔、そんな弁当箱があったでしょ、と。これなど、スッと軽く読んでいると、まず気づかない。いまのテレビは、縁語の洒落だったりすると、文字スーパーの色を変えたりしますね。活字の本では、わざわざ横に傍点を振ったりする。この新聞連載では、その類のことをいっさいやらず、むしろ隠した。だから、読者は気がつかず、わたしだけがわかっているというものがある。

いささか落語仕立てにしたものがあり、まずそれから。こういう地口・駄洒落、ひとつやふたつは、酒場で酔っぱらったオジサンでも思いつけるでしょう。五つ六つでもまだ足らない。ここでは十個二十個とご覧に入れましょう。

思いながら書きながら悩むことを楽しみながらの一編です。

五臓六腑の宴会　その1

まあまあ、こっちにお入り。いましがた、読んだ新聞におもしろい記事が載っていたので話してやるから。たぶん、お前さんは読んじゃいないと思うからさ。

つい最近のことらしいのだが、ある健康診断の帰り道、「どうだい、たまには五臓六腑が一堂に集まって一杯やろうじゃないか」となった。するとこの話を聞いた五臓六腑に近い病気や怪我、それにふだんは五臓六腑から外されているやつら、つまり身体じゅうのあちこちがオレもワタシも仲間に入れろってんで、ケッコウな数になったらしい。なかには病気が重くて参加できなかったのもいたらしいが……　ここんとこ笑えるかい、お前さん。

思ったよりもたくさん集まったな。遅れてくるのもいるかもしれないけれど、とりあえず出欠をとっておこうか。なんだって？　つい先日献血をしたばかりなのに、またシュッケツはイヤだって？　いいじゃないか、サービスだと思って。ふだんから滲むような思いをしているとも思えないし。

心臓は来てるかい？「はいハイはいハイ」。ずいぶんたくさんの返事があったね。右心房右心室、左心房左心室がそれぞれに返事をしたのかい。うれしいね。みんな揃って。機能は順調かい……今日も順調で「麻痺す暇」もない。「マヒ」と「ヒマ」、どっちから読んでも……よく言うよ、心臓というのは弁が立つねえ。弁のくり返しで休みなしですから、少々厚かましいくらいがちょうど良い。なかには毛が生えたりしているのもあるのでして。

そうか。身体のなかで、毛が生えている臓器は心臓くらいのものだろ。いえ「血のケ」が多いと言いますから、血液のなかにも、もしかしたら「ケ」が多いのかも。そうか。言われてみれば「毛細血管」なる細い毛は全身に張りめぐらされていたわな。こりゃ、一本取られたと言おうか、一本抜かれたと言おうか。血で痔対策は進んでるかい、テレビは近ごろますますコレにやかましいが、アレはウツルもんだから気をつけたほうが良いよ、うん。

で。肺はどうした、来てるかい。「はい」「はい」。今度はすぐわかったぞ。返事はひとつで良いが、肺はふたつでひと揃いだ。元気でいたか。なになに、秋の健診で左の肺にカゲが見つかった。カゲが見つかったのは左だけか。右はどうした。明るいままか。「おかげさまで肺ライト」などと「短い希望」で人をケムにまいている場合か、お前さん。

ときには、ことばにもフィルターですよ。葉に火をつける前に、負の非（へ）に気をつけてホッとするとかね。ここらですかさず返事がほしいなあ。言うは「肺肺」でも、聞くほうの耳には「灰灰」と届くよな。

おや。向こうから急いでやってくるのは誰だい。けっこう早いが、まさか逃げ足ってことはあるまい。こっちに来るんだから。おやまあ、誰かと思えば子宮じゃないか。人並みはずれて大きな子宮。なるほどそれで、大至急。肩で息するふりをして、胃が酸っぱいものをほしがっているとの嘘は胃ツワリ、とは笑わせてくれるじゃないか。

ときにお前さん。この話はまだまだ帯状疱疹。もし肥満を持て余しているなら、来週も付き合っておくれでないか。

（原題「お大事だよ　全員集合　病棟」二〇〇八年十一月十二日）

五臓六腑の宴会　その2

で、どこまで話しましたっけねえ。

ある健康診断の帰り道、五臓六腑たちが、たまにはみんなで集まって一杯やろうじゃないかと相談がまとまった。そのことを聞きつけた病気や怪我たちがオレもワタシも仲間に入れてほしいと集まってきた。

子宮が大きいと子どもが早く生まれる。これを大シキュウと言う、なんてとこまでは話したっけねえ。

当日、必ず参加はするが時間までは行けない。少し遅れるからと連絡をしてきたのは中年になってからの筋肉痛だった。覚えはないか、あの筋肉痛てやつ。たとえばあの青森のねぶた祭。ハネトと呼ばれる参加者は笛や太鼓に乗せられてまさに狂喜乱舞。ハネトは跳人とも表記されるようにハネる、ハネる。その運動量たるや、アキレス腱がときに切れちまうほど。その跳ねることによる筋肉痛だが、若いころは翌日すぐに激しい痛みに襲われる。ところがトシとともに二日後三日後になってからやってくる。お前さんにも覚えはあるだろう。だから初めから少し遅れての筋肉痛となれば、それだけで若くはないなてのがわかるのだよ。ウン。痛いという感覚すら遅れてくるなんて、トシは取りたくないもんだわなあ。

ところで肝臓はどうした。久しく会ってないが。もしかしたらあの後ろ姿は肝臓じゃないか。おい、肝臓。肝臓だろう。いるならいるで、呼ばれたら返事くらいしたらどうだ。なんだって、あいつは返事をしない主義なんだと。「もの言わぬ臓器」って称号に少なからず誇りを持っているらしい。もの言わぬことを自慢したいのに、言わない主義とは気の毒に。そんな孤独な臓器にハレて仲間ができたとはおめでたい。その名もなんと「扁桃腺」。これまた誰に声をかけられても返事をしない同音異義仲間なんだってさ。もの言わぬ、返事をせずの熱き思いはまだ喉元を過ぎていないとか。ふたつを紹介したのがヤセ我慢てのもおかしいが、いずれ三者三様、そろって静かにしているのはありがたい。

なのにそっちはどうした。やたらやかましいが…目糞が鼻糞を笑っているだってか。目ガシラが妙に熱くなって目クジラを立てようとするのを目ジリが横目で流されてマナジリを決するのを聞く耳を持たない目から鼻に抜けたウロコを鼻で笑われて口惜しいなどと世間の耳目を集めて面汚し洗って出直して来やがれ顔面五十歩百歩の句読点無し野郎。ごめんごめん、来るほどの頭、のぼるほどの血があって頭下げます。

さてと出欠の続き。

腎臓は来てるかい。脊髄の両側、右と左ふたつ揃って。尿を生成する大事な臓器なんだから、どちらかが留守番なんてな事情もあるだろうけどね。おしっこが出ないとなると、蜂に刺されたときも困るしな。でもミミズにひっかけるのは止めたほうが良いらしいぞ(笑)。

どうした腎臓は。ケッセキだって。尿道も同じくケッセキか。それはそれで災難だが、一日も早く出てきてほしいものだ。

こうしてみると、臓器も病気もけっこうな忙しさのなかで生きているんだねえ、世話人サン。わたしのことをいま、世話人サンとお呼びかい、お前さん。病気と臓器の取り締まりを気取っているのだから、せめて「完治」とでも呼んどくれよ。おあとはよろしいかい。

(原題「いまや「いたみいたいみたい」やまい」二〇〇八年十一月十九日)

＊　＊　＊

笑っていただけましたか。

じつはこの二編、前に書いた話を受けている。「風邪は万病のもと」に始まって、「五臓六腑」に話が及び、そのうえでこの五臓六腑の宴会になった。言葉のアミダクジならぬ話題のアミダクジ。わたしの連載はときにこんな流れになるのでして。なので、掲載順では逆になりますが、これもご覧いただきましょう。

ちなみに、落語のサゲでもっとも多いのが地口オチだとか。

駄洒落をバカにしてはいけません。

万病を数えてみる

風邪は万病のもとといいますが、病気の種類は「万」もありますかね。とりあえずいますぐ思いつく数字つきの病気といえば……

百日咳と十二指腸潰瘍、四十肩、五十肩も病気のうちだとして、これに二次感染の二を足して、ようやく二百四。万にはほど遠い。三半規管の異常が左右に会ったとして、足して七。足の三里とは膝頭の下で、外側の少しくぼんだところ。ここに灸をすると万病に効くとはふつうの国語辞典にも出ているくらいだから、三里にキュウで十二。右と左で二十四。ここまで足しても二百三十五にしかナレヘン……「いいかげんにしなさい」(チャンチャン)て、コレ、いまもむかしも聞いた覚えがない。漫才でもコントでも。

まんびょう【万病】あらゆる病気。例「風邪は万病の元」――つまり、万病とは「あらゆる病気」というひとつの病気である。この考え方はすでに病気だろうか。

「風邪は万病のもとといいますが、病気の種類は万もありまっか」
「ありますがな。ひとつでマン性チョウ炎てのもありマンがな」
(大阪弁のつもりですねんねんでっせどすえがな)

ひとつの病気のことを知りたくて、生まれてはじめて「家庭の医学」系の事典を買った。表紙には「子どもからお年寄りまで。約千四百の病名について詳しく解説」とあった。

なんだ、それなりの専門書でも万病にほど遠い数字だな、と声に出しながら、パッと適当に開いたページの見出し「老化現象はだれにもやってきます。ただし平等にではありません」。臓器の老化は四十歳代から。脳神経は六十歳ぐらいから徐々に老化をはじめます。脳神経の老化できわめて顕著なのが独り言です。

「ヤベッ」なる上品性からかけはなれた俗語を頭のなかに押し込んで、いったん本を棚に戻し、あたりを見まわして、もう一度その本を手に。裏表紙の値段。「タケッ」と言いそうになった脳神経の老化に歯止めをかけた若さで、ゆっくりとレジに向かった。頭のなかで「ヤベッ」の過去形をつぶやきながら。

その八百ページを越える家庭の医学事典。まずは後ろの「さくいん」から。「あ」愛鳥家病、青い鳥症候群。空(から)の巣(す)症候群。鳥がらみはインフルエンザくらいかと思っていたのに、ケッコウ知らない病名も目白押し。知ってるつもりのうっかり、おっとり、命取り。

すべての臓器に病気があり、すべての病気は臓器を選ばない。ときに急性と慢性があり、初期と末期があり、先天性と後天性。流行性と変形性。発作性あり、多発性あり、進行性あり。

血も肉も皮膚も骨も、炎と痛。腫と症。癌と瘍。小児だから成人だから老人だから男だから女だから。からだだから。生きているから。健康だから。すでに病気になった人と、これから病気になる人しか生きていないのだから。つまり、これから死ぬ人しか生きていないのだ。

索引項「し」のトップは「痔」とあった。家庭の医学に「死」がないお粗末といっていいのだろうか。その一歩手前までが、家庭の医学の診察範囲であるらしい。どうやら万病のなかに、死は含まれないらしい。

さん【産】子を生むこと。生まれること。

数える位置に産と死は隣り合わせであるとの語録に七転八倒、苦渋の結論。

万病に死は入らぬとはいえ、風邪は万病の元。時節柄お身体ご自愛下さいませ。

（原題「家庭の医学で万病を数える」二〇〇八年十月二十二日）

肥りよがり　肥りぼっち　肥り芝居

風邪は万病のもとといいますが、病気の種類は「マン」もありますかね。

おや、前回と同じ話ですか、と思わないでいただきたい。百日咳、十二指腸潰瘍、四十肩、五十肩、三半規管が左右あわせて七になるわな、などと数字がつく「病気」を思いつくままに数えあげ、とても「マン」にはならないと遊んだのが前回。あれから一週間。ふと見かけた新聞の見出し「メタボリック症候群」……

なるほど。いまはことばを変えて、デブも病気の仲間になったらしい。

風邪は万病のもとといいますが、病気の種類は「マン」もありましたかね――ありましたね。たったひとつで「ヒマン」ですよ。だからといって、この流れのなかで、「風邪は肥満のもと」と考える人はいないだろうが、おもしろい運びではある。

ひまん【肥満】こえふとること。

でぶ＝肥えていること、また、その人をあざけっていう語。

メタボリック・しょうこうぐん【――症候群】内臓脂肪型肥満に加え、高血糖・高血圧・脂質異常症のうち二つを合併した状態。動脈硬化の危険因子として注目される。内臓脂肪症候群。

『広辞苑』第六版に初登場とあって、メタボリック症候群の張り切りようったらありゃしない。ずっとむかしから言われているデブやヒマンにくらべて、何やらとてつもなく偉そうではないか。そんじょそこらのデブやヒマンといっしょにしないでほしいとばかりに、内臓や脂質をまとい、高血糖や高血圧をしたがえ、さらにこれでもかと異常症やら危険因子などを駆使して、その優位性を誇っているようではないか。
メタボリック症候群。略してメタボとか。メタボと診断されたら、いますぐ動脈硬化で死ぬのだヨと言われたような気になる勢い。
肥満とはこえふとること。デブとは肥えていること。このなんたる表現の潔さ。簡にして潔。つまり辞書的解釈として、メタボはそれだけで病気であるが、デブや肥満は「ちょっとプックラして可愛いね」の意味合いすら感じてしまう響きがあるではないか。メタボはイヤだが、デブやヒマンには夢とあこがれすら感じてしまう。いまの場合の夢とあこがれは遠い存在ではない。右手でこの原稿を書きながら、左手を自分の腹に持っていくだけで、この夢とあこがれは現実のものとして実感できるのだからうれしい。

そして思いだすのが恰幅。
近ごろはとんと耳にしなくなったことばだ、恰幅。

かっぷく【恰幅】からだの恰好。からだつき。姿。かっぽこ。「――が良い」(『広辞苑』)

『新明解国語辞典』の説明はより具体的でわかりやすい。

かっぷく【恰幅】〔主として中年の男性の〕相応の社会的な地位や経済力をうかがわせるような、どっしりとした体格。「――がいい」

使用例としては、どちらも「良い」のだ。してみれば、「恰幅が悪い」なる表現には出合ったことがない。あくまで恰幅は良くなくてはならないのだ。恰幅が悪いを熟語にすれば、さしずめ「貧相」だろうか(貧相な方、ごめんなさい)。

心(立心偏)の幅が合う。心の何に合うと良いのだ。身体の幅ですよ。心と身体がうまく合うことが恰幅なのですよ。そしてあくまで「主として中年の男性」であってコレが妙齢であっても女性であっても同じこと……

(二〇〇八年十月二十九日)

腹は立つ　肝はすわる

染み渡ってますか。駆け巡ってますか。

五臓六腑。

近ごろはあまり目にしない耳にしないことばではあるが、五臓六腑。いつつの臓とむっつの腑とやら。どれひとつとして見たことも触れたこともない五臓六腑。辞書では……

ごぞう【五臓】漢方でいうところの心・肝・脾・肺・腎。

つまり心臓、肝臓、脾臓・肺臓(肺)、腎臓のこと。

ろっぷ【六腑】大腸・小腸・胆・胃・三焦・膀胱、の六つとか。

これとて、どれひとつ見たことも触れたこともないが、「胆」とは何。きも。「胆汁・胆石」の胆。きもだま、気力、度胸、こころ、本心。ときにスワリ、シミ、ケシ、ツブスとなれば忙しい奴。腹が据わるも胆が据わるも、どちらも度胸なる胸が出てくる面白さ。なるほど、腹はときとして立つから、ときにスワルのだなと曲げてみる。

そして馴染みないのが「三焦」とやら。

さんしょう【三焦】上中下に分かれ、消化吸収および大小便の排泄をつかさどる。もともと無形有用のものとされ……上焦は胸のなか、中焦はヘソの上、下焦はヘソの下にあるという。「無形有用のものとされ」とはなんだ。具体的にここにあるこれってものではなくて、ここいらあたりに、こんなもんが、あるんじゃないかな、しかも三カ所に分かれて。実際は無いんだけれど、あれば嬉しいな楽しいな三焦。

しょう【焦】こげること。こがすこと。あせること。いらだつこと。――こんなのが身体のなかに三カ所も支社支局を置いていたとは知らなかった。西洋医学の技が、この漢方・東洋医学の「三焦」を有形有用のものとして発見した暁にはバンザイを(笑)。

そこで五臓六腑。これで五臓六腑。

何ひとつ、どれひとつ、見たわけでも触れたわけでもないが、ことばとしての五臓六腑。まだ何か、腑に落ちないところがあるだろうか。合点や納得は、どの腑に落ちるものなのだろう。とりあえずは胃や膀胱には貯めておかず、無形有用だと思われる疑問があるぞ、とキモに銘じておこう。

五臓六腑。

いつつの臓とむっつの腑。どう大雑把に数えても、たったこれだけで人間のからだができているとは思えないが五臓六腑。この言い方で、体内のすべての器官を指す、とす。さらには五臓六腑。渾身、腹の中、腹の底、心の中にまで及ぶのだと。

五臓六腑、全身と言われてしまうと、すべての身なのだろうが、腹の中や底、心の中などと特定の部位をあげられているのを知ると、何かがひっかかる。そう、首から上、頭や顔は数えられていない、含まれていないのではないか。五臓六腑を包み支えている肉や骨や筋肉の立場はどうしてくれるのだ。五臓六腑の眼中にはないのだろうか。鼻もひっかけないのであろうか。聞く耳すら持たないのであろうか。口ほどにもないと思っているのだろうか。頭数に入っていないのだろうか。骨身にこたえる骨身がないからといって、応えなくてもよいのだろうか。来るほどの頭か、刺さるほどの胸か、軟化するほどの脳か。脳とも肺とも言える日本人だぞ。

わぁ…なんだか訳わからないことで煮えくり返ってきたぞ。ついさっきまでは染み渡って、駆け巡っていたのに。
「親父。熱燗もう一本」

（原題「逸に讃詞　五臓六腑　七転八起」二〇〇八年十一月五日）

3　漢字の遊びは乙なもの

みなさん、漢字に悩まされた経験はお持ちと思う。なんであんなややこしいものを覚えなきゃいけないのか。だからだろうか、本家本元の中国では簡体字なるものを編み出して、かつての難しい漢字は追放してしまった。でも、これを遊びの対象と考えると、愉しみもまた奥深い。

象形文字なんていうのがあった。「木」、ウン一本だ。何本かあれば「林」、さらに密生すれば「森」。ならば「𣛧」、ジャングルと読もう。はい、では「𣡽」は？　木が五つなんですから、「五木」さんに決まってますね。これは別解もある。ある個人名。樹木希林さん。だって、キ・キ・キ・リンですから。こうなると「𣡕」はわかりやすい。ムキ。懲役でも禁錮でも、読みはお好きなように。こんな、どうでもよいことが本当に好きなのだ。

では、漢字を巡る言葉のアミダクジを。

似て非なる　非にて似たるは

ここ数年しばらく悩んでいた。悩んで少しは考えて何がどうなるものではないことは自分が一番よく知っている。

右という漢字と、左という漢字はよく似ている。なぜだろうか。右向いて左向いてと一連の動きそのものが似ているから、それを表す漢字も似ているのだ。

左右、サユウ。右左、ミギヒダリ。音読みする時はヒダリが先になり、訓読みするときはミギが先になる。なぜだろう。

右左と書いてウサと読むのは聞いたことがないし、左右と書いてヒダリミギと読むのも聞き慣れない。なぜだろう。何かの都合か特別の場合はウサとかヒダリミギと読むのだろうか。なぜだろう、なぜだろうといいながらも別に知りたくはないのだ。なぜだろうと思い悩むことを楽しんでいるだけなのだ。教えてあげようと思った方…ごめんね。上と下、見るからにわかりやすい。いかにも一本の横線のウエとシタト。ついでに感動するのが中。ウエからシタに真っ直ぐ貫いての真ん中、中。ナカ。わかりやすい。中なる漢字がわかりやすいとなれば、串なる漢字はもっとわかりやすい。

くし【串】竹または金属で作り、箸のように細く先をとがらせた物で、魚肉その他の食物を刺し通して、あぶりまたは乾かすなどに用いる具、と『広辞苑』。
竹または金属で作り、箸のように細く先をとがらせた物。クシとはそれだ。これだけだ。これだけの意味と説明と解説でクシという字を作ると【一】となる。数字の1と区別がつかない。そこで「魚肉その他の食物」を登場させる。せっかく登場させるのだから、ケチはしない。魚肉その他の食物は少なく見積もっても二切れは刺し通す。それが【串】である。とりあえず魚肉その他の食物は横長四角に切ってある。だから【串】となる。

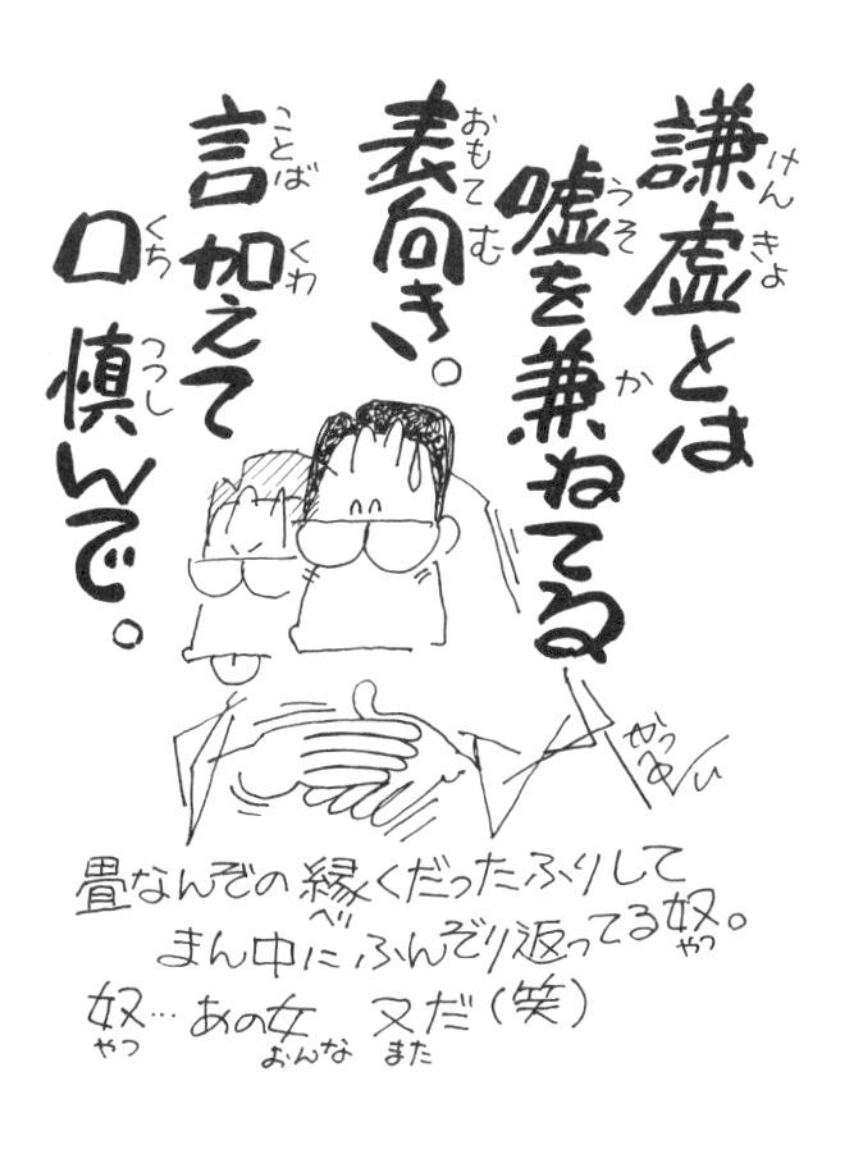

魚肉その他の食物をせっかく登場させるのだからケチはしないと言ったが、理由はそれだけではない。魚肉その他の食物を、一個一切れだけにすると【中】となり【中】と区別がつかなくなってしまうのだ。ケチとだけでは片づけられない知恵の駆使が胸をも刺すではないか。

【串】その感動は筆順にも及ぶ。まずは上段の魚肉(以下略)を刺し、次に下段の魚肉を整えてから一気に刺す。ただし現実の焼き鳥やおでんを思い浮かべるあまりに、七画目の縦(クシ)をシタから刺しては(書いては)いけない。気持は下からだが。

正しい筆順により完成した【串】をもう一度よく見てほしい。「あぶりまたは乾かすなどに用いる具」によってできあがった食材は、時にクシから抜かれることなく、直接手に持って口に運ばれる。焼き鳥しかり、クシ刺しおでんしかりである。何が言いたいのか。つまりは七画目。下部を心持ち長く表す。手に持ちやすくしておきたいのだ。うん。知ってか知らずか大方の活字もちゃんと長い。

じょうだん【串戯】とも書くとは初めて知った。『新潮日本語漢字辞典』。「冗談・串戯・戯言・戯談・笑談・常談」とも書く。無駄話。本筋から離れた話、「串戯はほどほどに」「串戯を飛ばす」などと。嘘かと思った。

右と左。上中下ときて串。思い悩みの字はまだある。牡と牝。雄と雌。男と女。♂と♀。前と後。縦横斜……　同類だから似てる。同類なのに似ていない。

(二〇〇九年二月二十一日)

縦縦　横横　丸かいてチョン

上中下とは実によくできた漢字だ。山と川が山と川を見たまんまに山と川の字になったように、たいした説明でなくても簡単に納得してしまう上と下の間の中。上中下。世の中すべてこうあってほしいものだ。つまり一対だったり一揃いだったり同じ穴のムジナだったり、蕎麦や饂飩にキツネがあったりタヌキも並べてあるように。似たり寄ったりを二人四人と書いても読めるように書いても良いように六理八理も許せるように。

タテとヨコ。

タテ軸とヨコ軸。タテ長とヨコ長。縦社会にあっての横のつながり、縦書きと横書き。わたしの頭の中でタテとヨコは一対であり一揃いであり同じ穴のムジナであり、右から左が横であるなら上から下が縦。時に右から左が横で向こうから手前が縦となる。縦横・タテヨコをジュウオウと読めば無隅が続き無尽となって自由自在。思う存分、四方八方美人。

タテとヨコ。縦横。

ことほど左様の一対然でありながら縦は糸偏で横が木偏というのがわからない。漢字の字面だけを見ると「親戚」とは思えないのがタテとヨコ。いえ、何度も申し上げますが正しい答えを知りたくて書いてはおりません。タテヨコを酒の肴にからんでいるようなもの。納得をゴックンと言うならばゴックンを必要としておりませんで。

適当な長さの糸にオモリをつけて上から吊す。糸はオモリの重さに従って垂直に垂れ下がる。従って糸が縦になる。自分の中で完璧の理解。

問題は横だ。木偏に黄で奇奇怪かい。何度も申し上げます。正しい答えを知りたくて悩んではおりません。

それにしても横ってヤツは音でも訓でもろくでもないのが多い。横取り、横流し、横殴り、横波、横揺れ、よこしま、横車。疑って横目、下手で横好き横座り、そこに惚れたか横恋慕、景気横這い世の中横向き、破るか横紙。張るか横意地。横暴、横柄、横領、横行……まだまだありそう横そのもののプロフィール。

よこ【横】①縦に対して、上下に対して、前後に対して……⑤正しくないこと。無理にすること。

マチのあたりがとても着れない横幅、ブルーライト横幅。横須賀や横浜は何を無理してどこが正しくないのだろうか。横綱の横には⑤の意味合いも含んでいるのだろうか、人によっては。縦を立に置き換えてのタテ。法則、おきて、酒宴、他人におごってやること、筋、おもむき。主席とか筆頭の意味もあって「立役者・立三味線・立行司」。ああ、やっぱりここにも並んでしまった。同じ土俵の上の横(綱)と立(行司)。

ここまで「横」が悪者扱いなら今さら「タテ」の身柄を調べなくてもと思いながらもひとつふたつ。「たて下ろす」なるコトバ。悪く言う、ののしる、こきおろすことなのだと。「立て枯らし」とは見せかけだけ、名前だけのこと。立て枯らしねぇ。見せかけも名前もない場合は「横枯れ」とでも呼ぶのだろうか。改名の必要に迫られた際の参考になりそうだ(ジギャクって書けない)。

酒の肴としてのタテとヨコ。とりあえずはタテに軍配。ヨコに土ではあるが思いは横道にそれ、横穴に入り込み、横風に流され、「立て板に水」とは進まず、「横板に雨垂れ」……　丸かいてチョン。


(二〇〇九年二月二十八日)

心太　話は変わりますが

知っているつもりだった、などと書くのもおこがましい。考えたことも、引っかかったことも、立ち止まったこともない言葉のなんと多いこと。つまり、知らないとも忘れたとも言えない言葉たち。そのくせ時々は平気な顔で口にしている言葉ばかり。

たとえば今。おこがましいと書いた。ためしに辞書を見て驚いた。おこがましい【烏滸がましい】こんな漢字をあてるとは。がましいなる送り仮名がなくて、ただ突然「烏滸」が登場して「さあ読め」と言われたら多分読めない。わたしなら絶対読めない。一文字目の「烏」なら知っている。鳥に似ているが上部のすっきり感から(一本足りなくて)カラスだな、とすぐわかる。烏龍茶の烏。烏賊と書いてイカと読むのも知っていたし。「滸」がわからない。サンズイに許す…水に流してあげるッてことか。「滸」どこかで見たことがあるような気がする。それも一度や二度ではなく。なるほどそうか「水滸伝」スイコデンの滸であったか。他所のひとはどうだか、青森や弘前に関わる人であれば、どこかでずっと眼の奥に残っているはずの字だ。大方の津軽の夏祭り「ねぶた・ねぷた」の題材によく使われるのが「三国志」と「水滸伝」。大方の武者絵はそこらあたりからもってくるらしい。

その気になって「滸」ほとり。岸辺の平地を意味するとか。改めて——

おこがましい【烏滸がましい】ばかげている、みっともない、物笑いになりそうだ、出過ぎている、さしでがましい、なまいきだ。その人の力や分を超えた、分不相応。岸辺の平地、水ぎわにカラスが居る、それがそんなにばかげていて、みっともなくて、さしでがましくて、なまいきな事なのだろうか。カラスはいつ誰に対して、どんな不調法をしでかして【烏滸がましい】に使われるはめになってしまったのだろうか。それとも何かの間違いか誤解だろうか。いずれカラスはクロなのだ、で終わっては出来すぎだろうか。

話が少し戻ります。突然「烏滸」が登場して「さあ読め」と言われたら読めないが、「がましい」の助けがあって「おこ」が出てくる。突然「がましい」だけが登場して、さて何がましいのだろうかと問われたつもりで筆を置いて考えてみる——思いついたは未練と催促。未練がましい、催促がましい。差し出がましい、晴れがましいもあったか。津軽訛りが許されるのなら「やがましい」(喧しい)も可なりだが。

ちまたでは「読めそうで読めない漢字」やら「これが読めなきゃ恥ずかしい」やら「これだけは読みたい漢字」やら、自尊心を逆なでするようなタイトルの本がこれ見よがしに挑戦的な背表紙で迫り来る。

ちょっと烏滸がましい気もするが、今、新作本の原稿の準備に入っている。タイトルはすでに決定している。「読めそうもなくても読める漢字の本」。

わたしは、自分も他人も誉めておだてて調子に乗って乗せて育てるタイプでその準備稿の中からひとつふたつ例題を。

「鸚鵡」は読めなくても「鸚鵡がえしに答えが返ってくる、まるでアノ鳥のように」などと書いてあるとまずは絶対に読めるはず。

「馴鹿」が読めなくても「うしろのソリにサンタクロースを乗せて馴鹿は走る」などとしてあると読めない人はいない、はず。

「読めそうもなくても読める漢字の本」はまだ予約を受け付けておりません。

（二〇〇九年十一月二十一日）

違う穴の狢も同じ穴の狢だ

知っている人ほど騙されるものなのだ、などとくすぐられると、騙されてもイヤな気はしない。この場合、騙されないってことはモノを知らない証拠なのだから、騙されて良かったのだ。うっかり騙されなかったせいでモノを知らない人だなどと噂をたてられちゃたまらない。でも本当に冷静で沈着で知識と教養があって落ちついた人は騙されない。

さてこの際、わたしは騙されたと告白すべきか騙されなかったと告白すべきか。無駄な見栄をはっても詮無いこと。何の必要があって常に冷静で沈着で知識教養があって落ちついていなくてはならないのだ。何をもって人並みとするかは別として、とりあえずは人並みに知ってて騙されるのが良いだろう。「帯に短しケヤキに長し」などと読む人とは一緒に酒を飲みたくない。たとえ欅とあるべきところに誤植で欅があったとしても、欅をタスキと読んでしまう「人間性」が欲しい。帯に短しと来たら次に何が来ようがタスキと読んで欲しいのだ。同じような理屈で言えば「欅の木は残った」のケヤキはモミと読んで欲しいし、「坂の上の」とくれば、たとえ誤植で雪や霞や雫であっても雲と読むべきだ、と似ている。この際、理屈が似ているからと言って正しいとは限らない。間違いは間違い。ケヤキは欅、モミは樅。坂の上に必ずや雲が浮いているとは限らないし、坂の上に虹が出ている午後もあるだろうけれど。

道からはずれてはいけない。ことは「読めそうもなくても読める漢字」。

いきなり「襤褸」でどうだ。これは騙す騙されるではなく、いきなり「襤褸」。…わたしは読めない。ならばこれならどうだろうか、「襤褸は着てても心は綿」。これなら襤褸は読めなくても読めましたね。イエ、襤褸は読めなくても察しがつきましたね、「ボロは着てても心はニシキ」――正しくは「…心はメン」あるいは「…心はワタ」ですが。知っている人ほど勢いで読んでしまってニシキになる人間性。

袖すり合うも他生の緑。

緑の下のちから持ち。

二度あることは三度ある。三度目の正直。仏の顔も三度まで。もう騙されない。緑は異なもの味なもの。緑の黒髪。騙すつもりが騙されてしまいそうになるややこしさ。ここまでくるともう知っていようと知るまいと関係なく、ゆっくり注意深く見ること。そして正しく読めたら誰かに読ませてみることだ。ただし、友だちをなくしても当方は責任を持てない侍てない侍ではない。

しばし、たぶん。知っている人ほど騙されるふり、あるいは喜んで早とちりをしてみようじゃないかで読んでみよう。

「一富士二鷲三茄子」「栗鼠の最後っ屁」「おぼれる者は萱をもつかむ」「いつも柳の下に鯰はいない」「くさっても鯉」「カモが芹を背負ってくる」「鶉がネギを背負ってくる」「濡れ手で栗」「磯の蜆の片思い」

鷲ワシと鷹タカ。栗鼠リスと鼬イタチ。萱カヤと藁ワラ。鯰ナマズと泥鰌ドジョウ。鯉コイと鯛タイ。芹セリと葱ネギ。鶉ウズラと鴨カモ。栗クリと粟アワ。蜆シジミと鮑アワビ。——正しく読んでは意味が通じない。嘘でも「それらしく」読むことによって、それになる。

こんな贅肉だらけ。騙し騙されながらも漢字を見慣れていって読めそうもなくても読める漢字とお近づきになりたいものだ。

（二〇〇九年十二月五日）

4　あえてこだわり難癖つけて

ふとした言い回しとか、ふだん意識もしない日常会話の常套句、あるいは誰でも知ってることわざ。これにしつこくこだわって、難癖をつけてみる。これ、わたしの好きなことのひとつでして……

そんな性格のものを次に。

日独伊三国同盟英米で協議

そりゃまあ、歌手だろうが俳優だろうが役者だろうが、人間であるからにはいずれホトケになるだろう。

もっとも、亡くなった人をホトケと呼ぶのは仏教系の場合だけなのだろうか、と少しは考えないでもない。キリスト教もイスラム教も亡くなればホトケと呼ぶとは思えないし、ホトケは英語でもホトケだろうか、とは今の今まで気にしたことすらなかったし、ない。

要は、神サマの罰があたりそうなくらい宗教とはかけ離れたところで生きてきた。無信心、無信仰などと、信心や信仰に「無」を付けるのでさえおこがましい。これまた無にされた神サマから罰があたりそうだ。だからわたしは困った時でさえ思わないように頼まないように心がけている。

天国と地獄。地獄と極楽。

字面だけのイメージでしかないが、天国は洋間で靴のまま部屋に入れ、寝るときには広々としたダブルベッド、トイレは便座の中からお湯がシャワーとなって。極楽は和室で、家に入る前から履き物は脱ぎ畳敷き。ふかふかの蒲団は上下とも正絹、ずっと前から綿は水鳥の胸毛を使っているらしい。風呂は総ヒノキで常時、湯女の背中流し付きではあるが、便所は未だ汲み取り式で、この時だけは近所の天国へ「憚りながら…」とお邪魔する。

天国と極楽。洋間と和室。絨毯と畳。キャンドルと蠟燭。パーティと宴会、ピザとお好み焼き——意味のない比較で遊んでいては話が先に進まない。

天国と極楽。似て非なる所なのだろうか、非で似る所なのであろうか、ご近所付き合いはあるのだろうか。極楽もパラダイスだろうか。

天国との対、極楽との対、いずれも地獄が相務めている。今の流れで行くと、地獄はいわゆる和洋折衷なのであろうか。あくまでも天使を装っていたり、涙を浮かべている鬼がいたり、青鬼も生まれた時は赤ちゃんなのだろうかと思ってみるのも地獄なのだろうかとか、天国側の地獄で会ったホトケは極楽側の地獄からの出張だろうかとか、渡る世間は極楽側だから鬼なんだろうなとか、思いは二十四時間営業だから、ヘブンイレブンと訛ってみたりして。

全編これ閑話休題も在り地獄。

実は、ちょっとした切っ掛けで二十年ほど前の新聞記事を思い出していた、「ホトケの歌手が亡くなった」と。歌手がホトケになったのであれば、わからないでもないが、ホトケの歌手とは何事なのか。恐山のイタコさんに先年亡くなった歌手の霊でも降ろしてもらったのだろうか、などと遊んで——。

もう、そろそろお気づきでしょうね。

ホトケの歌手とは、正しくは「仏の歌手」との漢字表記。イヴ・モンタンなるフランスの歌手が亡くなったことを書いているのだが、わたしは極めて素直なので「仏」を「ホトケ」と学校で習った通りに読んだだけなのだが、この混乱。「仏」になったのだから「イム・モンタン」か、とも遊んだが。

その、ちょっとした切っ掛けとは、最近ある新聞の記事で「米で作った糊はジャパニーズ・

セメントと呼ばれて…」とあったのを読んだ時だ。二十年来の学習能力が生きていて、わたしはそれを「アメリカで作ったノリは…」と音読した。黙読の勧め。音読は、声に出してしまった以上、取り返しがつかない。

なんでもカタカナにしたがるくせに。これだけは一文字の恩恵にべったり。もう、米はコメ。仏はホトケだけにして欲しい。国名じゃない。

(二〇一一年十月二十三日)

水泳選手いつも濡れ衣着せられて

「胸を借りるつもりで、ぶつかって行きます」

たしかに言ったのだ。キャプテンだか主将だか部長だかが言ったのだ。「胸を借りるつもりでぶつかって行く」と、その丸坊主頭の高校野球のキャプテンだか主将だか部長だかが。

仕組みはよくわかりません。ジャンケンなのかアミダクジなのか。とにかく対戦相手はクジのようなもので決めるらしい。初戦でいきなり、かなりの優勝候補との噂が高い強豪校とぶつかるらしい。それもあってのインタビューに「胸を借りるつもりで、ぶつかって行きます」なのだ。

「お前は相撲部か」。テレビ画面に向かって即座につぶやいたわたしであった。トシとともに独り言が多くなっている今日このごろだが、この時の独り言は以下のようにしばらく続いたのであった――それとも何かの事情か趣味の一環で、男のくせに他人にブラジャーでも貸して欲しいとお願いしておるのか。借りた胸なら必ず返せよ。何はともあれバストは尽くせ。ぶつかるものが胸でよかった。ついうっかり言葉を使い誤って「借りたフンドシでぶつかって行きます」でなくて良かった。借りたフンドシは洗って返せよ。どんなに手強い相手でも常にがっぷり四つで、うちのチームは土俵際でのウッチャリが得意ですし、チーム一丸となって、これが千秋楽となる三年生の花道を作ってやる気ですから。どうせなら、このあたりまで相撲がらみで続けて欲しいもんだがなあ。

オレがその時のインタビュアーなら続けて重ねて、喜び勇んで言うね、「おまえ、いまでこそ野球部のキャプテンとか主将とか呼ばれる立場に身を落としてはいるが、それはこの世を欺く仮の姿。その実ホントは野球部より相撲部に入りたかったのだね。さらなる夢と希望と欲を言えば、日本人として生まれるよりはモンゴル人であってほしかったとか(笑)」どうだ張り手一発、図星、金星。おまえ黒星。貰える予定の座布団一枚、弓取り式の宙に舞う。さあ、吐き気、酔い。残った残った。

独り言に向かう相手はいない。しかしわたしの場合、けっこう会話形式の独り言も多い。おまえは落語家か。ただのご隠居で。

どうして質問する奴が質問を疑問形にしないで断定、言い切るのだろう。言い切るのだ。言い切る。

「見事なうっちゃりでしたッ」

「はい。九回裏二死満塁逆転ホームランのような」

おい。今度は相撲部が野球部かよ。しかもこのような場合の言い回し、「逆転」で済むのに必ず「ホームラン」が付く。ついでにもうひとつ。

「良い仕事をしました」

（…か、どうかはオレが決めるのだ。おまえにとやかく言われたくはない）

「鼻の差でした」

（オレは人間だ。競馬の馬にたとえないでもらいたい）

モノにはモノを取り巻く「専門用語」の如き言葉があり、大方はその言葉で間に合うはずなのについ便利さに負けて隣の芝生から借りてしまう。それが段々、容易になって無防備になって無知になって、笑える幸せ。

泳いでいたつもりもないのに仲間から大きく水をあけられたり、コンクリートの建物の中で土をつけられたり。相槌はいりません。あくまでも独り言ですから。ゲームはセットなのかオーバーなのかも知らないまま。

（二〇〇八年十月一日）

文字と話の腰折る楽しさ

前後のことはよくわからない。飛行機の事故らしい。落ちたのか、何かにぶつかったのか。駐機場とやらの片隅に飛行機が、まるでゴメンナサイと首うなだれているような、がっくりと肩を落としているような、機首を九十度ほど折り曲げてたたずんでいる。

それをして、アナウンサーは何度も「くの字に曲がった、くの字に曲がった」を繰り返している。わたしの目にはどうしても「への字」なのだが、いまは「へ」の字も「く」の字も同じなのであろうか。

そんなはずはあるまい。「へ」と「く」では折れている向きが左右と上下、まるで向きが違う。いまとむかしで左右と上下が同じになったとは聞いていない。もし、飛行機が正しく

「く」の字に曲がっているとしたら…… 立ち上がって機体の真ん中あたりを腰とするなら、思いきり前のめりに腰を屈めているか、背中方向に反っている状態でなくてはならない。

口を「への字」に結んだ顔、と言われれば思いあたる表情に思いあたるが、口を「くの字」に結んだ顔と言われたら、言われたコチラが口を「への字」にして悩まなくてはならない。しばし、鏡の前で「くの字」の口に挑んでみても無駄なこと。

思うように動いてくれない「くの字」の口をあきらめて、「くくののもくじ」とか「くののもくじ」とか言ってみる。「への字」と「くの字」口から眉への形で遊んでいたら「…もくじ」目次、目の次が顔を出した偶然の可笑しさ。すぐにも誰かに教えたくなり、あらためて言葉と文字に「ほの字」の思い。「ほの字」の「ほ」とは「惚れる」の「惚」。言わずもがなの蛇の足。


横の物を縦にもしないとは、めんどうくさがって何もしないこと。不精であることのたとえ。

――であれば、横型の「へ」を、縦型の「く」に変えて表現してみせた「くの字に曲がった」アナウンサーは、さぞやふだんから物ごとをめんどうくさがらず、不精ではない人なのであろうね。

ちなみにもひとつ、横の物を縦にした善い話。鉄砲伝来で知った火薬。本来は横にある的を撃つための火薬を、縦にして撃ったのが夜空をこがす花火のはじまり、とする確証のない話が好き。

見た目からして、ひらがなを読める人であれば誰だって「への字」形の物体は「への字」と表現するだろうに、あえて「くの字」と連呼してくれたアナウンサーに、この場を借りて感謝申し上げたい。「へ」と「く」、この似て非なる平仮名ふたつの混同まがいで、ここまで楽しませてくれたのだもの。

実際、この「へ」と「く」の「へりくつ」、楽しめる人の幸はいかほどだろうか。人さまざま、人それぞれであろうからこそ、できるだけ小さなことでも笑える幸せを身に付けておいたほうがその身の幸せ。この身の幸せ。

屁理屈は屁だろうか理屈だろうか。綿ゴミは綿だろうかゴミだろうか。屁の河童と河童の屁は同じものか違うものか。御身と書いていただき、何の疑いもなくその気になっていたら先様は「ゴミ」のつもりだったとは、ついぞ知らなかった身だが、ゴミで

けっこう、同じゴミなら燃えるゴミでありたいと思っている今日この頃。思いの独り歩き、歩き過ぎで減り靴底がいとおしい。

見立て違いの思いの差、あえて横の物を縦にしてまで波風立てて遊んでみる楽しさ。文字と話の腰折って。

（二〇一一年八月二十八日）

若い時の黒は金を出してでも白

「若い時の苦労は金を出してでも買え」

いかにもそれらしい言いまわしである。誰だって苦労なんかしたくはない。なんの苦労もなく一生を終えられたら、それにこしたことはない。誰がすすんで辛く苦しく骨が折れるようなことをやりたいものか。ましてそれを金まで払って経験しろとは何たる理不尽なススメ。この理不尽なススメはいつ頃、誰が言い始めたのであろうか。少なくともわたしが「若い時」にはすでにあった。調べ方は何かと未熟なのだが、調べてみようと思って調べてみたことがある。手許の「ことわざ辞典」やら「小学生のためのことわざ辞典」「今すぐ役に立つことわざ」など。どれを見ても読んでも「若い時の苦労は金を出してでも買え」「若い時の苦労は買うてでもせよ」「…買ってもせよ」——とあり、若い時に苦労すればその体験が後で役立つから、若い時の苦労は人格を鍛え、積んだ経験が将来きっと役に立つから、みずから進んで、とあおる、おだてる、そそのかす。

どうにもついて行けない。なぜなら、裕福な家に生まれ子どもの頃から何不自由のない暮らしに恵まれ、裕福な家に育ったからこそ何の苦労もなく一流の幼稚園から小学、中学、高校、大学とエスカレーターだかエレベーターだか式に進み就職も出世も申し分なく…… そんな人を一人二人じゃなく知っているものだから、どうもこのことわざはわたしにとって胡散臭いのである。若い時の苦労は必ずしも必要を要しないのではないか、とこれくらい丁寧なまでに必要を必ずしも要しないに違いない、と。

「若い時の苦労は金を出してでも買え」

たしかに、若い奴らがそれなりの苦労を強

いられている場面で(ときに苦労を強いているのが本人の場合を含めて)、「若い時の苦労は……だから文句を言わず、弱音を吐かず働け。いまは辛いだろうがやがて」と続ければ、それなりにさまになる科白ではあろう。とりあえず今日明日ではなく、遠い将来に役に立つのだと言われては反論できない。いまのいまならいざ知らず、誰にもわからないずっと先なんて。

悔しいねぇ、こんな仕組みを施された言い回しを言われて回されて「はい」としか答えようがなかったあの頃が。これも若気の至りと表現して良いのであろうか。若さゆえ、若さの余り、血気にはやったとは思えないが思慮分別を失い、つい「はい」と言って納得していた自分。悔しいねぇ。

「たしかにわたしも、若い時の苦労は金を出してでも買えと言われましたよ。わたしだって、その苦労を買う金があれば苦労をしませんでしたからねえ。苦労を買う金が無くて苦労をしたんです。だからと言って、誰彼かまわず金を借りるのも気がひけました。こんなこと、親以外には言えません。あなたのことを親だと思っています。金、貸してください」

いまなら、これくらいのことは平気で言えるのだが何しろ若かった、素直だった。ちょっと引っ掛かるような言い方(ことわざ)をむしろありがたがっていたかも知れない。急がば回れ。負けるが勝ち。急いては事を仕損ずる。大は小を兼ねる。損して得取る。鷹も鳶を生む。泣く子は黙らない。蜂に刺されたから泣きっ面に。名を捨てて実も無くした。逃げれば負け。残り物は腐ってる。…元に戻すと「戒め」にも「教訓」にもならないのが可笑しい。

今日はなぜにこんな話題を。じつは「沈黙は金なり」なるタイトルで二時間ほどの講演を頼まれたらどうしようと勝手に思い込んでいたら、こんなことに。はい、苦労が足りませんで。

（原題「若い時の苦労は金を出してでも買え」二〇一〇年十一月二十七日）

5　まだまだ続くよ、どこまでも

　ここまで読まれた方、どれひとつとして、サッとは読めなかったに違いない。すみません、おりおりの思いつきを折って重ねて畳んでこちらの隅あちらの語尾にしのばせて、しつこく遊んでいるものですから。それでも最近の○○賞などの、何度読み返してもわからない文学（かどうかも素人にはよくわからないのですが）よりはずっとわかりやすいはず。

　この最後のコーナーはその他もろもろ。とくにテーマで括らず、アッチへ行ったり、コッチに来たり。もともとこの連載、そういうものだったから、本来の趣旨にもどり……

　そうして現在も懲りずに、おりおり時事ネタでも遊んでいます。いいんです。振り返れば誰も覚えちゃいないということになったとしても、それはそれでいいんです。

黙って当たればピタリと座る

連想ゲーム。

ひと口に連想ゲームといっても、そのルールは無数にあるにちがいない。ひとつの言葉を決め、ひたすら連想を重ねていく。ひとりで重ねてよし、ふたりで交互に重ねていくもよし。どこかにたどりつくもよし、どこにもたどりつかぬでもよし。いずれ、そのことばからの連想だから時間の許すかぎりお好きなように。

からだ。かれだ。だから。だかれ。これだ。それだ。それで――時間の許すかぎり、お好きなように。

つぎ。「連想してはいけないゲーム」をご存じだろうか。読んで字のごとし。連想してはいけないのだ。関連してもいけない。すり寄ってもダメ。たとえば「フルーツ」と言われたら、リンゴもミカンもダメ。甘いや酸っぱいもダメ。南国や病気見舞い、缶詰、ジュース、輪切り、丸かじり、すべてダメ。

では、どんなことばなら合格なのか。「フルーツ」から連想されないことばならなんで

もよい。およそ、この世の中にあることば。フルーツと無関係のことばのほうが圧倒的に多いのだから、つまりコッチが楽なはずなのだ。それなのに、ひとつのことばがなかなか出てこない面白さ。

「美空ひばりのヒット曲といえば〈津軽海峡冬景色〉でしょ」「津軽海峡冬景色といったら〈都はるみ〉でしょ」「都はるみのヒット曲は〈函館の女〉です」「函館の女は〈森進一〉でしょ」「森進一といえば……」けっしてマッチしない取り合わせで、どこまでつづくか、だれかとやってみてください。そんなに長くつづくまえに「りんご追分といえば〈美空ひばり〉です」などと正しく間違えるはずですから。(敬称略)

これも「関連することば」より「関連しないことば」のほうがはるかに多いはずなのに、つい「関連することば」を口走ってしまう。さて、その理由を説明できない素人の薄さ。

コレをいとも簡単にこなしていると思われるのが、新聞雑誌テレビなどの「きょうの運勢・占い」の類である。かぎられた時間と文字数の制約のなかでじつに見事に十二種類(月ごとか星座別とか)どれひとつダブルことなく、似かよることなく、ならべてご覧に入れる。あっぱれではないか。ためしに挑戦してみる。

一月生まれから順序よく今日のラッキーアイテム(とやら)。①ペットショップ、②シルバーの指輪、③三人でのプリクラ、④システム手帖、⑤昨年の年賀状、⑥ガラスのマグカップ、⑦

ポケットティシュ、⑧朝顔の種、⑨青い砂の砂時計、⑩暖簾のある居酒屋、⑪ひもつきサンダル、⑫赤い鉛筆……

もう、どうでもよくなってきた。ラッキーでもアイテムでもない。いかにして連想も関連もないことばを十二種類もならべるか、だ。当たるも当たらないもない。ことばを引っぱり出すだけで精いっぱいなのだ。嘘だと思うならいますぐ、そのへんにある紙に書きだしてみるがいい。わたしだってさっき、①ペットショップと書き、②子犬のシッポ。あはは。だから、連想しちゃいかん、と決めていながらだ。

これをいとも簡単に、毎日のようにつくりだしている「占い師」とやらは本当にエライと思う。おそらくひとりの頭になかに十二人分の個性を持ち合わせているにちがいない。ましてアカの他人の今日の運勢を「締め切り」にも制約されて生んでいるのだ。エライ。こんな偉大な所業を「短期養成」もできるとは感動もんだ。

（二〇〇八年七月十六日）

カタカナと友だちになるために

チャイナドレスとは裾に深いスリットの入った中国風のドレス。ドレスとは衣服、服装特に、女性の礼装などをさす。スリットとは衣服に細長い切り込み。女性の衣服、たぶんスカート状の裾に細長い切り込み。せめて指の二本くらいは滑り込ませてみたいものだチャイナドレス。掏摸っと、覚えておいて損はない。自分で勝手に覚えておく分には誰にも迷惑はかけない。どこにもサワラない。

ウエディングドレスとは結婚式で花嫁が着る洋風の衣裳。

イブニングドレスとは、ふつう裾が長く上半身を多く露出し、晩餐会などに着ていく婦人用夜会服。

エンドレス。今のままの流れで説明しようと思えば、エンドレス。丸い洋服。エンドレス。冗談だってば、とあえてお断りをいれておく。

エンドレス＝終わりが無いこと。はてしなく続くこと。つまり「エンド」とは終わりのことで「レス」とは、それが無いこと。だからホームレスは家が無いこと。シームレスとはシーム（縫い目）が無いこと。

ワイヤレスとはワイヤ（針金・電線）などが無いこと。ワイヤレスマイクなど。

キャッシュレスとは現金が無いこと。

ウエイトレスとは体重の無い人。それでも「いらっしゃいませ」などと。中にはウエストがレスの場合もあるが。

ステンレスとは転ばないこと。すぐに理解して笑えた人の感性はまだサビてはいないとも記しておこうか。

アドレスとは帰る家、あるいは帰る家を宣伝する気が無いこと。ことここに及んでわが家の住所まで知られてしまったらもう後には退けないので住所は決して教えない場合にも使う「アドレス」。わたしだけかもしれないけど。

ファミレスとはファとミが無いこと。残るはドシラソレド。まさかファミレスとは「ファミレ」の複数形Sが付いてではあるまい。

極めつけは「ネックレス」ネックレスとは首がないこと。「プロレス」とはプロフェッショナルではないこと。セックスレスとは男か女かわからないこと。ゴンザレスとはゴンザがいないこと。ヘラクレスとはヘラクがないこと。ブエノスアイレスとはブエの巣に愛が無いこと。ブエってなんだかわからないけど。無いものは他にもいっぱいある。アリストテレス、エゲレス、アンタレス、エクスプレス……

「レス」が頭に付いても無いのだとしたら、レストランとは金を受けとらない食堂のこと。レスビアンとはビアンが無いこと。レスラーとはラがないこと。ファミレスのレスラーとなると残りはドシソレド。レスリングとはロープで囲まれたいわゆるリングが無いこと。だからプロレスリングともなれば…輪になっても金もとれないことになる。

この行きがけの駄賃のような成り行き任せの文を読んでいるとストレスを感じますか。ストレスとは労使関係がうまく行っていることがかえって精神的な苦痛や緊張を強いられること。ちなみに「スト」とはストライキの略。「——を打つ」などの例文を見つけては「打つならストライクだろう」などと別なストレスに発展してしまう場合もなんとかそのストを破りたいもの、とも思って。

片仮名で遊ぶ。言語のスペルなど知りはしない。「レス」は打ち消す、無いのだ。それだけを頼りに遊ぶ。和製語も含めてカタカナ語はすべて音だけで遊ぶ。米ライス長官、そりゃそうだろうコメはコメだ、などと。

(二〇一〇年五月十五日)

アナログがあったら入りたい

両親が離婚して、父はその時の仕事の都合で九州へ転勤となり、母は素直に実家がある北海道へ戻った。お互いが納得ずくの、いわゆる協議離婚であった。

性格が一致しないからこそ、お互いを認めあって結婚したのであった。お互いに、自分にはないものを、この人は持っていると思ったから結婚したのであった。わたしが、この人にないものを補い、この人が、わたしにないものを補ってくれるに違いないと確信したから結婚したのであった。

あばたもえくぼ。時は時に時が、えくぼをあばたに変えるのである。

性格が一致しない相手との暮らしが、かくも不都合なものか。自分にはないものを補ってくれるに違いないと思ったのは、お互い勝手な思いこみであったと、お互いがほぼ同時に気付くのであった。つまり、性格の不一致と自分に都合のよい思いこみが結婚に至った経緯であり、性格の不一致と自分に都合のよい思いこみが離婚に至った経緯、となる。つまりのつまり、行きも帰りもまったく同じ。ある意味、時間の無駄。「いい経験をさせていただきました」なる言い方もあるが。

この、まったく同じ理由で結婚と離婚を経験した二人には一人娘がいた。離婚が確定した時、この娘は東京にある大学の学生であった。幸いに両親から愛されていた娘の学費や生活費は父と母が折半で仕送りすることで話がついた。娘にしてみれば、両親が離婚しても、今まで通りの学生生活ができる。めでたい話ではないが、めでたしめでたしであった。が、九州へ行った父は間もなくして不慮の事故で死亡。実家へ戻った母も子連れの貧乏男との再婚で仕送りができなくなってしまった。

話の流れはかなり強引だが、筆者の才無き才とこの場の都合でお許しいただきたい。

たとえ両親が離婚しても、父は父、母は母、別系統からの仕送りがあれば何かと安心。どちらか一方に何かしらの不都合があっても、もう片方が補ってあまりある——その安心感が事故の元。想定は内より外を見ておいたほうがよい。福より鬼が怖いのだ。手を鳴らして呼ばなくても鬼はやってくる。鬼の前に波だ。想像は絶するくらいが想像に相応しい。防波堤が波で壊され、地震計が地震で使いものにならなくなったとは、防腐剤が腐ったようなものか。ダイエット食品の食い過ぎで肥ったようなものか。消火器が燃えたようなものか。医者の不養生、紺屋の白袴、歯医者の総入れ歯などと笑って並べていいものか。

繰り返す。想定は内より外を見ておいたほうがよい。想像は絶するくらいが想像に相応しい。だから、繰り返してはいけない、を繰り返したい。

そしてデジタルだが。想定の外で、絶する想像の内で、テレビが見られなくなるってことはないのだろうか。だから、やっぱりアナログのままにしておけば良かったと反省すること決してないのだろうか。いえ、技術的なことは何も知らない。餅は餅屋、馬は馬方、電気は電気屋でしょ。特定の分野を、その事バカり研究、担当する専門、専門家。時に、馬方が作る餅、電気屋がひく馬、電気で作った餅はどんなもんだろと、とみに今日この頃。

いつまでもあると思うな親と金とアナログ。もひとつ。本当に愛する者は失ったときに気がつく。想定の外に内を置いてみる。

（原題「嵐が砂嵐になる日に涙」二〇一一年七月二十四日）

捕り放題と集団的自衛権

はっきりとした場所は覚えていない。聞いた話の記憶のなかで、それは青森県三沢市の近くの町か村だったのかは確か。

その年はじめての催し物だったのか、たぶんその年がはじめての催し物だったに違いない。特設の池、水たまりを作り数十匹だか数百匹だかの鮭を泳がせておく。近郷近在から集まった多くの参加者、見物客は今や遅しとスタートの合図を待っている。シャツの袖、ズボンの裾をめくりあげ、素足の者もいればズック靴の者もいる。いわゆる〈鮭のつかみ捕り大会〉——網などの道具を使ってはいけないらしい。あくまでも素手で、抱きかかえて水の外に鮭を出さなくてはいけない。

「大変長らくお待たせいたしました。ただ今から、〈鮭のつかみ捕り大会〉を開催いたします」

そのつかみ捕り、時間内であれば何尾でも捕り放題なのか「おひとり様一尾のみ」なのか「二尾まで」なのか、その場にいなかったわたしにそこまではわからないが、捕る気マンマン、やる気マンマンの姿からして「おひとり様何尾でも捕り放題」だったのかもしれない。

間もなくスタートです、と司会者も一段と声を張りあげて会場をあおる。そして、スタートに向けてのカウントダウンを宣言した。

「皆様ご一緒に」

「じゅう、きゅう、はち、なな、ろく、ごう……」。

ここで大きな問題が発生した。客の数人、いや数十人が一斉に飛び出して池に入り込み勝手に鮭のつかみ捕りを始めてしまったのだ。

もうおわかりの事と。

場所は三沢市近く。近郷近在のなかには三沢市も入る。参加者のなかに多くの在日米軍とその家族がいたのである。ふだんは基地の内に住んでいる。日本語なんか知らなくても何の不便も感じない。今度の休み、近くで鮭のつかみ捕りの大会があるソウダ、家族総出で出かけてみようじゃナイカ、MC(司会)が何やらスタートに向けてひとりで興奮しているヨウダ…じゅうダカきゅうダカよくわからないが、いきなり「ごう」と言いやがったのだから走り出す、当たり前の事だ。取り残されたのはカウントダウンを信じて叫んでいた日本人たちだ。その時の様子が目に浮かぶようではないか。たかが五秒ほどの差だが。

カウントダウン＝「特定の時点までの残り時間を知るため、数を大きな方から小さな数へ(ゼロまで)数えること」(『広辞苑』)……さて、日本語では何と言うのだろう。秒読み逆数え…

減算逆数秒読み…数え倒れ……　日本語で思うよりも「カウントダウン」をしっかり理解しているような自分が惨めに思えてきたではないか日本人。

「ネット販売」……　なんだ網も売っているのか、もっと早くに教えてくれればあえて手づかみなんかしなくても——無駄話、短く。

キュー。キューを出す。ラジオやテレビの現場で演出家が開始の合図として用いている。キュー、キューを出す。本番間近にフロアディレクターがスタジオ全体に届くように叫ぶ「本番十秒前、……　八、七、六、五、四……」わたしの知っている限り「十秒前」の次は「八」からのカウントダウン。決して「きゅう」とは言わない。開始のキューとの混同を避けるためである。

日本人の朝の挨拶は「オハイオ(州)」と覚えてくるアメリカ人がいると聞いたが本当だろうか。それよりも日本人がグドモーニングを覚えたほうが集団的自衛権の行使にあたっては役に立つから英語教育には今まで以上に力を入れて……　あ、時間だ。

(二〇一五年二月八日)

横紙を白紙に戻しただけで

開演五分前。いわゆる陰マイクと称する幕内からのアナウンスで本人が声を出す——「大変長らくお待たせいたしました……（充分な間をとって）……もうしばらくお待ち下さい。」

何年、いや何十年前からのオープニングのやり方だ。この時のお客サマの反応でその日その時の舞台全体を推し測ることができる。つまり、このひと言でドッと笑い声があがるか、さほどの反応がないか…今日のお客サマのわたしへの思いを勝手に判断する目安とでも言おうか。もちろん、それをいちいち分析して解釈してご覧に入れることはないが。

「…今日はどうもありがとうございました。平日の午後だというのにこんなに沢山の皆様にお集まりいただきまして。充分にお楽しみいただけましたでしょうか。またどこかでポスターやチラシを見つけたりテレビやラジオでわたしの名前を聞きつけましたら是非またお集まりい

ただきたいものです。もう、トシもトシですから、いつの何が最後の舞台になるとも限りませんので。イエ、わたしのことではございませんで、皆様方のことを申し上げているのでございます。繰り返すようですが、もうトシもトシ、いつの何が最後の舞台になるとも限りませんのでネ皆様方」

　このフレーズは近頃好んで使う。このフレーズにクレームや苦情が寄せられたことはない。そして続けて重ねる「…舞台の上でマイクを持った奴が必ずしも客を前にして謙遜するとは限りませんからね。あんなに腰を低くしてお願いしますをお願いしていた連中が〈当たり前に選ばれた暁〉から腰を伸ばし胸を張り、礼儀の象徴のような白手袋を投げ捨てての言動を真似してみようかと思ったときに思いついたのでありますよ、これがラストの…イエ、わたしじゃなくてあなた方」

　受け手側が思っているに違いない思いを、できるだけ逆方向、あるいは飛躍が思いがけないほど遠くに飛び跳ねてしまったあたりまで飛躍させたい思いへの憧れは今に始まったことではない。まさに、他人の言葉尻に触り、揚げ足を舐める思いへの憧れ。謙遜を一瞬にして傲慢に変える鮮やかな手法。学べと言われなくても身に付く思いが身に付いて。

　戦争になるかもしれない道を、白手袋を投げ捨てたような連中が法案にして採決は強行されたそうではないか。その風当たりの強さを少しでも弱めようと「平和の祭典」に対する不満には「国民の声に耳を傾け…」白紙撤回にしたのだと。平和の祭典の在り方に「集中砲火」を浴びせられて、とは表記に少なからずの違和感があるが、この平和の祭典とやらのオープニングにはマスコミ各社が「火蓋が切って落とされた！」とかの火縄銃から離れられない扱いがあり、「戦争と平和」の親戚臭がここでも漂うイヤラシさ。

「平和の祭典」に対する不満には「国民の声に耳を傾け…」白紙撤回デスと、強行採決のあとに急にしおらしいふりを。

かたや、戦争に突入する危機を思わせる法案は、特別に耳をかたむけなくても「国民の声」は届いていたろうにあえて聞く耳もフリも見せずに強行採決。

平和の祭典(あえて「戦争ごっこ」)には声を聞いて「白紙」に戻し、現実に戦争をして「赤紙」に戻すというのか。誰にもこの横紙は破れないものか。

単なる思いつきを思いつくまでに何年何十年も必要としている身にしてはの昨日今日。白紙サンから手紙でも届けば嬉しいが……

(二〇一五年七月二十六日)

補講　津軽も日本の内(うぢ)

春ぁ過てまて夏ぁ来ただべ
夏来れば白い衣コ干すず天の香具山だずはで
持統天皇

山鳥の尾っぱ長々ど垂れだ様た
秋の夜長ハ独りコで寝るでば…たな
柿本人麻呂

しとしとど雨ぁ降てらね桜コも散たね
まほりど ばほりど 何ぁしたず間も無ぐ
小野小町

汝のため春の野ッ原で菜葉採てらきやなぁ
我の袖コさ 雪ぁ降てきたもだ
光孝天皇

さて、みなさん、よくお付き合いくださいました。お疲れさまでした。ここまでお読みいただいて充分おわかりですね。話をするときも、詩のようなものや文章を書いたりするときにも、わたしは笑える話やオチを探します。第一講でも書きましたが、人に聞かせるなら悲しい本当の話より、笑えるウソの話がいい、そう考えるようになったのは、戦争に行ったおやじの影響です。

太平洋戦争で南方に行き、マラリアにかかって帰国したおやじは、戦争のつらい話は一つもしませんでした。逆に「夜中に電線が切れ、敵襲かと驚いて見に行くと、成長の早いヤシの木が伸びて電線を切っていた」なんてね。「ウソがばれても笑えればいい」が口癖。きっと口に出せないほど子どもに聞かせられないほど、戦地でつらい体験をしたのでしょう。

十三歳でおふくろ、十八歳でおやじを亡くしましたから、悲しいのはもうたくさん、楽しいことだけを書こうと決めて、日記を書き始めたというのは第一講でお話したとおり。そのとき無意識にか、おやじの影響があったことは間違いない。いまはそう思っています。

おまけに人と同じことはしたくない。同じようなことをしていると必ず負けますし、必ず劣ります。だからといって人と違うことばかりしていれば必ず勝つとも限りませんが。どっちみち勝ち負けで判断しようとするのがまちがいなのかも知れません。それでも人とは違うことをしようとする……　これは性分でしょう、たぶん。

繰り返しますが、津軽弁を広めようとか保存しようとかいうつもりはまったくありません。親から近所から友だちから受け継いだ母語を使って、徹底的に遊んでやろう楽しもう。それだけのことです。でも楽しく遊べば言葉は豊かになる。言葉の感覚も磨かれる。わたしはそう信じています。

言葉遊びの相手は身近にいますよ。子どもたち。わたし自身、子どもたちからいかに教えられたか。子どもって、とても不思議なことを言ったり、大人が想像しないようなことばを発したりしますでしょ。言葉を覚えはじめた二歳三歳の子どもがとてもおかしい話をして、ああ、そんな組み合わせで考えるのかと新鮮な驚きを感じた経験は誰しもお持ちだと思います。でも子どもはそれを覚えていません。記憶し記録しておくのは親の役目です。わたしは男、女、女、女の四人の子どもがいます。こんな楽しいことを忘れたくないから、子どもたちの言葉を日記に書き続けました。子どものために記録して、思い出して、家族でもう一回笑えるだろうと。そのままネタになってもいますけどね。

たとえば長女はことわざが好きだったので、それで遊んでいる。たしか当時九歳。ことわざの上の句を言うと、とんでもない下の句が返ってくるんです。あ、それおもしろいと思って、どんどんやった。これはちゃんと記録しました。ですけど、本人はもう覚えていません。


「無い袖は…ノースリーブ！」

「犬も歩けば…猫も歩く！」

「雀、百まで…生きられない！」

「牛にひかれて…ペッチャンコ」

「鬼に…ツノ！」

「猫に…エサ！」

「ちょうちんに…あかり！」


楽しいでしょ、これ。娘も親も夢中になって…… うん、たしかにそうだなと納得しながら。

そういえばことわざって、言葉遊びのタネとしてなかなかですよ。よく知られたことわざを二つくっつける、なんてこともやりました。ここで終わるところに、ここから始まるものを重ねていく。たとえば……

「子どものけんかに親が出る幕がない」
「知らぬは仏と亭主バカなり」
「三度目の正直がばかを見る」
「好きこそ物の上手の手から水が漏る」
「必要は発明の母を訪ねて三千里」
「初心忘るべからすなぜ鳴くの」
「三人寄れば文殊の千恵っ子よされ」

最後の「千恵っ子よされ」がわからない？　これは青森県碇ヶ関村(現平川市)出身の岸千恵子さんという民謡歌手がうたってそれなりにヒットした《千恵っ子よされ》という演歌調の歌謡曲。津軽にはじょんから節のほかに津軽よされ節、津軽あいや節などたくさんの独特な節回しがあります。

もっともいまはことわざのパロディも難しくなってきたようです。いまの子どもたちは本当にことわざを知りません。うちのかみさんが言うには、長男と長女は教科書にことわざの単元があって学校で習ったけれど、次女あたりから無くなってしまったとか。これはちょっとびっくり。ことわざで遊んで笑ってもらえるのは、いまがギリギリかもしれない。どうして教えないんでしょうね。

子どもと遊ぶのが大好きなわたしは、子どもたちそれぞれにずっと葉書を書いて送っていた。旅先からはもちろんだけど、家にいてもそれを渡したりはせず、わざわざポストに入れる。子どもも楽しみにしてくれていましたから。

四人の子どもたちが青森の家を出ていってしまった今でも毎日、子どもたちに葉書を書き続けています。一年三百六十五日。一年間で一千四百六十枚の葉書がポストに入れられわが家に配達されます。もう何年になったことやら。残された父が一人で言葉遊びに挑戦しています。

そしてなお新しい言葉遊びに挑戦です。この本にもあちこちにその一端をご紹介しましたが、ことわざ、古典、漢詩など遊ぶタネはどこにでもある。たとえば日本国憲法第九条。ご存じでしょうが、今や焦点のひとつですので、改めて原文を。

日本国憲法

第二章　戦争の放棄

第九条　日本国民は、正義と秩序を基調とする国際平和を誠実に希求し、国権の発動たる戦争と、武力による威嚇又は武力の行使は、国際紛争を解決する手段としては、永久にこれを放棄する。

2　前項の目的を達するため、陸海空軍その他の戦力は、これを保持しない。国の交戦権は、これを認めない。

これをわたしはじっくり読み意味をかみしめ、わたしにとって一番しっくりくる津軽弁で表現してみるとこうなる。

日本国憲法(つがるもにほんのうぢ)

第二章　戦争の放棄(だあれがいくさだなんてすもだば)

第九条(ここのつめ)

①日本(このくに)の人達(ふどだぢ)ぁ良(え)ど思(おも)らさた事(ごた)ぁ良(え)ど。
隣近所(となりきんじょ)の人達(ふどだぢ)ど悪口言(あべぐぢき)だり駄目(さね)でな、
国民(みんなして)　真(ま)ッ直(つ)ぐに生(い)ぎで行(え)く由(はで)さぁ
上方(うえのほぢ)で何(なに)ぁ決(き)めだたて　戦争(いくさ)だのって
誰(だれ)ぁ行動(す)もだ、て。
体力(がへ)さ任(まが)へで空威張(からえば)りしたり　即(すんぐ)ど
手(て)コ挙(あ)げだり各地(あちゃこちゃ)の国(くに)で幾等(なんぼ)

戦争てらたて我国だきゃ　全然
構もねし　無関係んだはでなッ。
②斯様　ちゃんと決定めだ事だんだ由
陸だろうが海だろうが空コだろうが
戦争サ使るんた武器ぁ　何んも
所持だねぇ事に為べしやッ。
あ　忘えれば困、由、も　ひとつ。
何ぁさて置ぎ、事程左様
他の国ど戦争為行為、国民ぁ
片意地に強情張てでも堪忍
認無由なッ　念押ッ。

どうですか。津軽弁ですから青森の人以外にはぴんと来ないところがあるかもしれませんね。でも声に出すだけで楽しくなってきませんか。大事なのはそこです。

小難しく見えていた憲法も方言つまり自分の母語にしてみる。そこに自分の理解を重ね思いもふくらませさらに笑いもちりばめる。そうして声に出してみる。すると人間味がでてくる。

わからない言葉は辞書で引きながらときにはわざわざ曲がってみたりする。日本国憲法の前文から百人一首、漢詩から「奥の細道」まで、いろいろ挑戦してみましたが、これは楽しくてやめられない。その上、実はなかなか頭も使う作業です。もちろん答えはひとつじゃないですしね。

こういうことやことわざを学ぶといったことのほうが、英語教育の強化、とくに小学校で英語を学ばせることなどよりはるかに大切じゃないかと思うんですが、みなさん、どうお考えですか。いったい国は何がねらいなんでしょうか。まさかアメリカ人と一緒に……?!「ごう」と言われたら、「ろく、しち、はち……」でしたよね。

あとがき

努力は積み重ねるから崩れる。積み重ねなければ決して崩れない。人は立って歩くから転ぶ。はじめから横になっていて転んだ人はいない。無駄な汗という言いまわしがあるのだから無駄な汗は実際にも存在していて、無駄な汗は文字通り無駄なのだろう。同じようにして努力は報われるとは限らない。ごくごく一部の(たまたま)報われた御仁のコメントだけを後生大事に、それがすべてのように扱う新聞雑誌を含めてのマスコミとやらを信用していない。繰り返すようだが無駄な汗は無駄で、努力は報われるとは限らない、だから明日できることは今日しない——と続く。

もう四十年以上も前からコトある度に時も処も選ばず発し続けてきた挨拶代わりの本心からの常套句とでも言おうか。はじめのころは冗談めかしてもいたが年齢を重ねるに連れ、これこそが真実なのだと確信を深めているのも事実だ。ときに「お説はごもっともなのでしょうが当方あいにく崩れるほどに努力を積み重ねたことがございませんので真意がわかりかねまして」などとやんわり反論されたこともあるが、当方だって崩れるほどの努力を経験した記憶はひとつもないのだから、笑ってごまかすしかない。「努力には質量がありませんから、どんなに積み重ねても崩壊の恐れはないのであって……」……今なら「努力の質量を発見、証明してノーベル賞を受けたいもので」くらいの反論を楽しみたいものだと眠れない今朝の枕許のメモにあった。

本当にあった泣ける話より、嘘でも笑える話が好き——これも昔から言い続けてきたことだが嘘が好きなわりに作るのは下手。つまりは創作能力の欠如か。咄嗟の嘘はその場を逃れるための手段。その場限りの嘘は明日までもたない。当然、嘘をつく前からバレるような嘘しかつけないから、最後まで整合性を保たなければならないような長編モノは無理。せめてもが眠れない朝のために用意してある枕許、メモのためのチラシの裏だ。

毎日書くと決めた日記はもとより誰に見せる気も読ませるつもりもない。読み返すとしたら自分だけ。となれば文章作法も礼儀も関係なく自分が理解して自分が楽しければよいのだから、極めて好き勝手な書き方になる。津軽弁の表記方法などどこにも教科書はないのであって尚更の好き勝手。

そんな時を経て、思いもよらぬところから原稿依頼があり、今まで通りに原稿を送ると更なる注文の山。「てにをは」が可笑しい、句読点の位置が違うなどと。そこで勝手な開きなおり。いっそ共通語の中サ津軽弁(方言)を入れるべ。へば、どんな立派な国語の先生から何を指摘されでも「うぢ(家・地方)ではそれが正しいのであって」と逃げられるのではないか、ど。ふだんは決して単なる出たがり屋ではないつもりだがココは譲れない。最近耳にした表現を利用させていただくと「積極的引っ込み思案主義」とでも称すれば平和的解決に結びつくのかも知れないと思って。

訛りが笑いの対象であるならば初めから訛りを利用した笑い話を。大根がデエゴン、デゴにも変化するならそれだけで語彙は三倍。遊び道具は多い方が楽しい。かくしてコトは此処まで。うれしく、ありがたい感謝の意は包み隠さず。

おしまいになりましたが、こころよく転載を許可していただいた「産経新聞東北総局」「望星」「うえの」「みんよう春秋」各社をはじめ、出会いから十年近くもお世話いただいた元岩波書店の井上一夫氏と、出版の最後まで事細かくご指導いただいた同じく岩波書店の富田武子氏にも深く感謝申し上げます。最後にひと言。無駄な訛りに感化されませぬよう。

伊奈かっぺい

二〇一五年十一月

伊奈かっぺい

1947年青森県弘前市生まれ．ラジオパーソナリティをはじめエッセイ，詩，歌詞，イラストも手がけるマルチタレント．陸奥新報社を経て青森放送局に入社，2007年4月まで勤務．現在，青森市在住．
主な活動に，『あれもうふふ これもうふふ』(草思社)，『対談集 太宰治之事』(共著)，『入れ歯の寝言』，『もっけのさいわい』，『げんせん書け流し』，『平成・消ゴムでかいた落書き』，『旅の空うわの空』(以上，おふいす・ぐう)などの著作のほか，各地での公演や詩の朗読などを収めた《訛りは人のためならず》，《津軽から金曜日への手紙》(以上，日本コロムビア)などCD・DVDも多数．

言葉の贅肉—今日も超饒舌(よげしゃべり)

2015年12月4日 第1刷発行
2016年2月5日 第2刷発行

著 者 伊奈(いな)かっぺい

発行者 岡本 厚

発行所 株式会社 岩波書店
〒101-8002 東京都千代田区一ツ橋2-5-5
電話案内 03-5210-4000
http://www.iwanami.co.jp/

印刷・三陽社 カバー・半七印刷 製本・松岳社

ISBN 978-4-00-022943-2 Printed in Japan